AF235612

Frank Weber
Dorfkind
Eine Kindheit auf dem Lande

Frank Weber

Dorfkind

Eine Kindheit auf dem Lande

1.Aufl.
Bibliografische Information der Deutschen Nationalbibliothek:
Die Deutsche Nationalbibliothek verzeichnet diese Publikation in der
Deutschen Nationalbibliografie; detaillierte bibliografische Daten sind
im Internet abrufbar über http://dnb.dnb.de
© 2022 Frank Weber
ISBN: 9783756814688
Herstellung und Verlag: BoD – Books on Demand, Norderstedt

Alle großen Leute

waren mal kleine Kinder,

aber nur wenige

erinnern sich dran

Antoine de Saint-Exupéry

- Der kleine Prinz -

Inhalt querbeet

Birken im Schnee

Bei uns die Straße runter, wo die Straße aus unserer Neubausiedlung in die Landstraße mündete, so ungefähr zweihundert Meter, standen gegenüber, auf der anderen Straßenseite oberhalb des Straßengrabens, drei jungen Birken, die wir uns als Kletterbäume ausgesucht hatten. –

Die Bäume, oder besser die Bäumchen waren noch sehr jung, ihre Stämmchen daher noch sehr dünn und wohl kaum fünf Meter hoch. Sie bogen sich unter unserem Gewicht - damals wohl kaum mehr als vierzig Kilo, wenn wir daran hochkletterten.

Ich weiß nicht mehr genau, wie alt wir damals waren, vielleicht so zehn oder elf Jahre. Es muss wohl gegen Ende der Grundschulzeit gewesen sein, aber noch vor dem Schulwechsel, die Bäume trugen noch ihr volles Laub, außerdem hätten wir nach dem Wechsel von der Grundschule aufs Gymnasium - unsere Schuljahre endeten und begannen damals im Hoch- bzw. Spätsommer - nicht mehr die Zeit gehabt für solch sportliches Treiben, von dem ich hier erzähle.

Ich weiß auch nicht mehr, wer von uns drei oder vier Jungs genau damit angefangen hatte, auf die jungen Birken zu klettern. Ich erinnere mich aber noch gut, dass wir einen Riesenspaß dabei hatten.

Wenn man nämlich zwei oder zweieinhalb Meter hoch geklettert war, also eigentlich noch gar nicht so hoch, dann bog sich das Stämmchen so sehr, dass es mit der Spitze schon wieder abwärts zeigte. Und dann rutschten wir, zuerst etwas ungeplant, später mit voller Absicht, über die nach unten zeigende Spitze des Baumes hinweg und ließen uns ins hohe Gras fallen.

Der Baum richtete sich dann wieder auf, wir kullerten runter und landeten unter Gejohle im Straßengraben.

Mit zehn, elf Jahren, kaum vierzig Kilogramm schwer, landet man noch recht weich und leicht im hohen Gras, rappelt sich auf, rennt den Berg wieder hoch und beginnt das Spiel von neuem.

Dass im nicht immer trockenen Gras die Hose dessen Farbe annahm, war für uns zunächst Nebensache. Für die Mutti, die die Hose waschen durfte - was sie auch mit viel Liebe immer wieder tat (so meine Wahrnehmung, damals) - war es sicher auch schön, wenn es ihrem Sohn gut ging.

Die Mutti hatte damals übrigens schon eine neue Waschmaschine. Die hatte der Papa neu gekauft, nachdem er das ganze Haus für uns gebaut hatte.

Doch zurück zu unseren drei jungen Kletterbäumen, den Birken, die einfach nicht kaputt zu kriegen waren.

Wir hatten, wie gesagt, unseren Spaß, der aber nicht mehr lange anhalten sollte. Einer von den Erwachsenen aus der Siedlung - ich weiß nicht mehr, wer's war - hat uns verpfiffen, dass wir auf den Bäumen rumklettern. Und wir durften dann nicht mehr weiter klettern und uns planmäßig von unseren drei Kletterbirken abstürzen lassen. Also suchten wir uns fürs Erste neue Abenteuer; und davon gibt es in Neubaugebieten reichlich. - Das dürfen Sie ruhig glauben.

Es ist, wie bereits erwähnt, lange her. Ich erinnere mich noch, dass wir unsere Kletterbäume im darauf folgenden Winter, in dem jede Menge Schnee lag, wieder entdeckten.

Es muss Ende der Siebziger gewesen sein, wir hatten einen weißen Schneewinter. Es fuhren auf der Land-Straße sehr wenige Autos, und wir entdeckten gerade unsere drei Kletterbirken neu.

Wie schon im Spätsommer kletterten wir hoch, der noch sehr junge Baum neigte sich, und wenn die Baumspitze in Richtung Boden zeigte, ließen wir uns fallen und landeten in aller Regel weich, nein, nicht im Gras, sondern im tiefen Schnee. Wir kullerten denn johlend Richtung Straßengraben, rappelten uns auf und rannten den Hang wieder hoch, um sofort wieder auf den Baum zu klettern. So ging das Spiel dann auch eine ganze Weile.

Offenbar wegen des winterlichen Wetters und der Straßenverhältnisse waren noch weniger Leute unterwegs als sonst, Salz wurde noch nicht gestreut und es fuhren auch noch weniger Autos als sonst.

Somit hatte uns auch keiner gesehen, der uns hätte verpetzen können. Wir kletterten also immer wieder auf unsere Birke, ließen uns fallen und landeten im Schnee und im Straßengraben - dann wieder von vorne

Da wir meist weder Ski- noch Schneehose trugen, und lange Unterhose schon mal gar nicht, waren wir irgendwann durch die Unmengen Schnee, die der Winter uns beschert hatte, doch etwas durchnässt und manchmal auch - zumindest die Jeanshose, wenn auch nur teilweise - steifgefroren. Es wurde mitunter recht kühl, und wir retteten uns nicht selten dann zu einem von uns nach Hause, wo die Dame des Hauses die Ehre hatte, uns mit heißem Tee oder Kakao zu bewirten, was die Muttis dann auch durchweg mit überzeugender Freundlichkeit und wohl auch sehr gerne getan haben. - Schöne Zeiten waren das.

Mit Schlitten runter, mit Spikes rauf

Unsere Neubausiedlung lag übrigens etwas oberhalb des Dorfes. - Das ist heute noch so

Am unteren Ende, kurz bevor die Straße in die Landstraße mündet, war ein kurzes Stück Straße, vielleicht dreißig bis vierzig Meter lang, das steil genug war, dass wir dort Schlitten fahren konnten - jawohl, mitten auf der Straße.

Selbige war bedeckt mit festgefahrenem, teilweise gefrorenem Schnee. Und die Autofahrer mussten ja sowieso sehen, wie sie die Straße hochkamen. Ob wir nun Schlitten fuhren oder nicht. Spaß hatten wir umso mehr.

Kam ein Auto, gingen wir selbstverständlich zur Seite, ließen dem Auto den Vortritt und schauten zu, wie der Wagen sich - mit den Hinterrädern mahlend - den Berg hoch kämpfe.

Das Autos im Verkehr, und die Erwachsenen sonst und überhaupt, meist die Stärkeren waren, wurde nicht weiter hinterfragt. Das war einfach so, und hat sich auch meist irgendwie ausgezahlt.

Erst später lernte ich dann, dass Autos nicht nur mit einfachen Winterreifen fuhren. Damals fuhren sie mit Spikes, kleinen Nägeln, die in die Laufflächen ein-gearbeitet waren. Dadurch hatten die Reifen Halt auf Schnee oder Eis und konnten auch im Winter fahren. Heute sind diese Spikes nicht mehr erlaubt.

Schlittenfahren auf der Dorfwiese

Als im Winter wieder richtig viel Schnee lag, trafen wir uns mit mehr als einem Dutzend Kindern auf der Dorfwiese zum Schlittenfahren. Die Wiese war schön steil und riesig groß. Und lang genug war sie auch, so dass wir lange und ausgiebig Schlittenfahren konnten.

Meist fuhren wir alle hintereinander los, ein Pulk johlender Kinder - „Bahn frei. Kartoffelbrei.", kamen nacheinander unten an und stapften dann gemeinsam wieder durch den Schnee nach oben.

Nach Kräften versuchten wir während der Abfahrt zu überholen oder in voller Fahrt andere, egal ob Jungs oder Mädels, vom Schlitten zu schupsen. Dann fielen wir in den Schnee, standen auf, lachten und schimpften auch mal, warfen uns dann gleich wieder auf den Schlitten, und weiter ging die wilde Fahrt bergab.

Hin und wieder fuhren wir über Maulwurfshügel oder über Unebenheiten wie über eine Sprungschanze. Dann hob der Schlitten samt darauf sitzendem Kind ab, und die junge Dame, der junge Mann landete auf dem Allerwertesten. Nach einigen wenigen Augenblicken Sternchen zählen schüttelten wir uns dann, wuschen mit einer Handvoll Schnee die Tränchen aus den Augen (Geheult zu haben hätten wir niemals zugegeben) und weiter gings bergab.

Unten angekommen klopften wir uns den Schnee aus den Kleidern. Zum Frieren hatten wir keine Zeit und zu viel Spaß.

Wir mussten aber am Ende der Abfahrt aufpassen und unsere Schlitten rechtzeitig zum Stehen bringen. Auf der rechten Seite war eine hohe Hecke, deren Besitzer mehr als einmal sehr traurig zu uns rüber guckte und mit dem Zeigefinger drohte. Vor Nachbars Hecke war außerdem ein kleiner Bachlauf – noch so ein Grund, vorher anzuhalten.

Und an der linken Ecke unserer Schlittenwiese war eine Straße, die ebenfalls schneebedeckt war, Streusalz gab's damals noch nicht, und hin und wieder kämpften sich Autos mit Spikes durch den Schnee die Straße hoch. Mit denen wollten wir nicht zusammenstoßen.

Die hinter der Straße stehende Hecke war ebenfalls tabu. Die gehörte zum Grundstück von der Kneipe am Wald. - Aber das ist eine andere Geschichte.

Papa's Weihnachtsbaum

Alle Jahre wieder, kurz vor Weihnachten kam fast schon traditionell die Ansage vom Papa, Freitag, Samstag oder einfach nur mal einen Nachmittag freizuhalten. Und wenn der Tag dann da war, sagte Papa: „Junge zieh dir die festen Schuhe und deine warme Jacke an. Wir müssen heute ein bisschen spazieren gehen." – Eigentlich war dann schon klar, was kommen sollte.

Dann reichte der Papa dem Sohn die obligatorische Tüte mit Werkzeug, die dieser zu tragen hatte. Die üblicherweise darin enthaltene Bewaffnung bestand aus Papas großem Taschenmesser - das Alte mit der Säge, einem Fuchsschwanz, das ist eine Einhandsäge, und einem Küchenbeil, mit dem man in der Regel Brot schneiden konnte, weil Papa mit dem Beil am Tag zuvor noch beim Schmied war. - Es gab ja nix Schlimmeres als schlechtes Werkzeug.

Der Weg führte dann schnurstracks in den Wald, Richtung Tannenschonung, und schon nach etwa dreißig bis vierzig Minuten war das Ziel erreicht; Papa ließ sich die Tüte mit dem Werkzeug geben und gab dem Sohn genaue Anweisung: „Du bleibst jetzt hier auf dem Weg stehen und schaust, dass niemand kommt. Wenn doch jemand kommen sollte, sagst du sofort Bescheid. Ansonsten wartest du hier, bis ich dich rufe. Wenn's soweit ist, rufe ich dich, dann kannst du zu mir kommen und mir ein bisschen helfen." – Gesagt, getan. Papa verschwand in der Tannenschonung, der Sohn blieb auf dem Waldweg stehen und schaut angestrengt abwechselnd in alle Richtungen, dass auch nur niemand kommen sollte. Es kam ja auch nie jemand. Wir waren immer ungestört.

Währenddessen war es still im Wald, außer dem Geräusch von Papa's Säge - ratsch, ratsch - und gelegentlichen Axtschlägen. Dann erschien Papa's Kopf zwischen den Tannen: „Und? Hast du schon was gesehen?" – „Nee. Ist noch keiner gekommen." – „Okay. Dann ist ja gut. Pass weiter gut auf!" Damit verschwand Papa dann wieder und arbeitete weiter. Einen Moment später dann ein leichtes Rauschen, wenn der kleine Baum fiel. Nach einem weiteren Moment Stille dann Papa's flüsternde Stimme: „Junge, du kannst jetzt zu mir kommen. Du musst mir mal ein bisschen helfen." – Wohlbemerkt, er sagte, ein bisschen.

„Hier bin ich" „Wo bist du?" - „Ei, hier. Dreh dich mal um." Papa stand neben einem kleinen Tannenbaum, den er zuvor umgesägt hatte. Stolz verkündete er: „Das ist er, unser Weihnachtsbaum, den müssen wir jetzt nur noch nach Hause bringen."

Papa's Arbeitseinteilung sah dann so aus, dass er vorneweg ging, den schweren Baumstamm in der Hand; und der Sohn durfte die Baumspitze tragen, in der anderen Hand die Tüte mit den Werkzeugen, was nicht selten einem Geschicklichkeitsparcour gleichkam. Und von vorne kam wiederholt die besorgte Ermahnung: „Junge pass bloß auf und trete ja nicht auf die Zweige." - Leicht gesagt, wenn man groß ist.

Aber als Kind hat man eben noch kürzere Beine und da kommen die Füße beim Weihnachtsbaumtransport schon mal mit den Zweigen in Kontakt. Der Papa hat das dann auch immer gleich gemerkt und vorne sofort wieder angefangen zu jammern: „Pass auf die Zweige auf."

Nun ja, die Zweige unterhalb der Spitze sind, wenn der Baum dann erst mal steht, ja auch direkt in Augenhöhe. Da kannst du nix verstecken, wenn ein Zweig abgebrochen ist.

Wenn wir den Heimweg antraten, war's schon Nachmittag, es wurde dann dämmrig und im Wald auch recht frisch. Angst hatte ich keine, Papa war ja dabei, aber im Dämmerlicht im Wald wars dann ein wenig – naja - speziell.

Wenn wir dann mit unserem frisch gefällten Weihnachts-baum Richtung Heimat marschierten, brannten in den Häusern schon die Lichter und leuchteten uns den Weg.

Der kleine Baum wurde erstmal im Garten deponiert, wo er bis am Tag vor dem Heiligen Abend stehen blieb, bevor er dann ins Wohnzimmer geholt, dort aufgestellt und mit (ausschließlich!!) roten Kugeln in allen verfügbaren Größen geschmückt wurde.

Irgendwann hatte der Nachbar von dem Weihnachtsbaumtransport Wind bekommen und lud uns ein, gemeinsam den Baum noch einmal zu begießen. Die Einladung wurde gerne angenommen, der Abend hatte aber für den jüngsten Teilnehmer ein - sagen wir's mal so - unrühmliches Ende. –

Als gerade mal Teenager, vielleicht konfirmiert, überhaupt (naja … fast!) keine Ahnung von Alkohol, fast erfroren und dann den neuen Weihnachtsbaum begießen. - Nur gut, dass am nächsten Tag keine Schule war!

Die Weihnachtsbäume reichten übrigens immer vom Fußboden bis zur holzvertäfelten Zimmerdecke. Dort war extra ein Haken eingeschraubt, wo der Baum festgebunden wurde, dass er nur ja nicht umfiel.

Im Laufe der Jahre waren es viele Weihnachtsfeste und Bäume, aber Papa's Weihnachtsbäume waren doch immer die Schönsten. Die aus'm Wald.

Schlittenfahren mit Pascha

Der Wirt von der Kneipe am Wald, der Onkel Just, hatte unter dem Gastraum seiner Dorfkneipe, sozusagen im Untergeschoß, eine kleine Landwirtschaft untergebracht. Im Stall standen zwei Kühe, aus deren Milch wohl die Butter gemacht wurde, in der dann später die Schnitzel für hungrige Kneipengäste gebraten wurden. Im Stall stand ein Pony mit Namen Pascha, ein kleines Pony mit langer brauner Mähne. Ob der Pascha sich auch so aufgeführt hat, wie er hieß oder woher sein Name stammte, weiß ich nicht. Aber das konnte eigentlich nicht sein, denn er war Gesellschafter für die Fee; so hieß das Reitpferd der Tochter des Hauses.

Der Weg vom Schulbus nach Hause, führte an Stall von Pascha vorbei, und so kam es immer mal wieder vor, dass wir kurz stehen blieben, um dem kleinen braunen Pony eine Besuch abzustatten. Ponys gucken immer so sentimental und so verständnisvoll, da kannste nicht einfach vorbeigehen ...

Manchmal durften wir auch auf dem Pony reiten, das Highlight des Tages. Und im Winter hat Onkel Just auch schon mal den Schlitten rausgeholt, dem Pony ein Zaumzeug angelegt und dann eine kleine Ausfahrt gemacht; die Straße hoch bis zum Wald, eine Runde durchs Tannengrün und dann über den Feldweg zurück zum Dorf. - Irgendwelche Fragen?

Kirchgang

Kirchgang war angesagt - immer am Sonntag, und manchmal auch wochentags. Im feinen Zwirn mit Krawatte und Knopf an der Manschette. Eingewoben erwünscht von Wolken aus Gnade und Segen, in realiter meist von Duftschwaden aus Parfum und dem, was man so nennt „Mensch", umgeben.

Jesus Erlöser hole uns heim. Nach Erlösung lechzendes Jenseitsdenken. Lauschen lebendigem Wort in Predigt und Gebet. Gottes Diener, drinnen wie draußen, vermitteln's. - Aber wer glaubts?

Freudige Anbetung, wer weiß noch wie's geht? Kinderlachen und Spiel im Nebenraum, Saft und Salzstangen, bemühtes Ruheschaffen, strenge Blicke, beredtes Schweigen, Kontemplation. Dicke Mauern schützen des Herrn Volk vor irdischer Unbill und Tand. Große Höhe im Raum und in Erkenntnis.

Evangelium oh Botschaft du Frohe. Antworten mit donnerndem, manchmal zaghaftem Amen. Wogende Gesänge, stolze Musik und strahlende Stimmen. Der einsamste Platz in der Kirch die Orgelbank. –

Wenige finden den Weg und ihr Ziel im göttlichen Raum. Ist die Andacht vorbei dreht's die Welt gleich wieder anders rum. Und DU wirklich gewollt hast erlösen die Menschen doch alle? HerrGott ist's wirklich Dein Will, was hier auf der Erde geschieht?

Erntezeit

Wenn die Tage am längsten waren, wenn die Sommerhitze begann, kurz vor Ferienbeginn, dann war draußen Erntezeit.

Die Bauern begannen, die Wiesen zu mähen; Tage später kamen sie und hatten den Heuwender am Trecker, der das Gras aufwirbelte. Das Gras sollte ja alsbald als duftendes und gut getrocknetes Heu eingelagert werden.

Dann kam der Trecker wieder mit dem großen Erntewagen. Der Wagen hatte vorne dran eine Walze, die das trockene Gras von der Wiese aufnahm und auf die Ladefläche beförderte. Von dort wurde es dann auf dem Hof mittels Gebläse unters Scheunendach gebracht, wo es trocken und luftig lagerte, bis es im Winter an die Tiere verfüttert wurde.

Wenn das Getreide reif war und golden glänzend auf den Feldern stand, dann kamen die großen Mähdrescher. Sie mähten Spur für Spur die Felder ab und hinterließen Stroh und Stoppelfelder. Das Stroh musste ebenfalls ein paar Tage trocknen und wurde dann mit dem Wender zu langen Streifen aufgetürmt. Aus diesen Streifen machte dann die Ballenpresse Strohballen, etwa so groß wie ein Küchenstuhl, die zunächst auf dem Feld liegen blieben. Von Erntehelfern wurden die Ballen mit der Heugabel auf den langsam übers Feld fahrenden Erntewagen aufgeladen, wo ein weiterer Helfer die Ballen ordentlich aufschichtete. Die Strohballen wurden in die Scheune gefahren, meist von Hand wieder abgeladen und eingelagert. Das Stroh diente später als Einstreu für die Ställe, dass die Tiere es ein bisschen gemütlicher und wärmer hatten, und dass sie weicher und bequemer stehen und liegen konnten in ihren Ställen.

Für uns Kinder war es immer wieder ein großes Abenteuer, wenn der Fahrer uns auf dem Schlepper mitnahm; wenn wir im Heu oder im Stroh spielen, im Stall beim Füttern helfen oder draußen auf der Weide Tiere streicheln durften.

Die schwere Arbeit in der Landwirtschaft nahmen wir als etwas ganz Selbstverständliches wahr; für uns Kinder war's aber immer auch (noch) ein Abenteuer und ein Spiel.

Den Geruch einer gemähtem Wiese, der Geruch von trockenem Heu oder Stroh, den Geruch von Sommer habe ich nicht vergessen. Übrigens: Auch der Wald hat seinen ganz eigenen Geruch, wenn's warm ist und besonders, wenn's gerade geregnet hat und die feuchte Luft nach oben steigt.

Geliehene Hühnereier

Dann und wann kam es vor, dass sich völlig überraschend Besuch anmeldete. Liebe Menschen, die wir ja so lange nicht mehr gesehen hatten – „Wir sind doch gerade in der Gegend und wollten mal vorbeikommen." – Da kannste ja dann auch nicht genauso spontan sagen: „Tut uns leid, das passt uns gerade nicht, weil …" (Mir fiele auch spontan kein Grund ein.). … Gehört sich ja auch nicht. Das macht man nicht!

Also überlegte die Hausfrau (Mutti), was zu tun ist. Welche Wohltaten wären für den hochverehrten Besuch rechtens. Und was gibt die Vorratskammer her, so ganz spontan.

„Hach, wie immer. Das Mehl, die Eier sind schon wieder verbraucht. Jetzt können wir noch nicht einmal Sahne schlagen, geschweige denn Waffeln oder Kuchen backen." – Naja, für Kuchen war dann auch ein bisschen kurzfristig, aber Waffeln gehen eigentlich immer. Nur woher Mehl oder Hühnereier nehmen, wenn nicht stehlen?

„Geh doch mal bitte rüber zur Nachbarin, klingle bei der Tante und frage ganz höflich, ob sie uns ein paar Hühnereier ausleihen kann! Wenn du dann das nächste Mal einkaufen gehst, bringst du ihr welche rüber." – Wär ich nie drauf gekommen. Ist aber alles kein Problem, dann geh ich eben mal rüber zu

Nachbars, klingele an der Tür und frage ganz lieb, ob ich ein paar Hühnereier ausleihen kann, und bringe sie dann am Wochenende nach dem Einkauf zurück. Und wenn die Nachbarn auf der einen Seite keine Hühnereier übrig hatten, dann konnten die Nachbarn von gegenüber oder von der anderen Seite aushelfen. - Waffel backen geht eben immer; gerade und besonders, wenn du die richtigen Nachbarn hast.

Die Feldscheune am Promilleweg

Zwischen unserem und dem Nachbardorf gab's einen asphaltierten Feldweg, der allgemein als Promilleweg bekannt war. Woher der Name kam, erfuhr ich später und lernt auch zu schätzen, dass es solche Wege gibt und gab.

Schließlich muss nicht Jeder sehen, wohin man fährt, woher man gerade kommt und in welcher Fasson – daher übrigens der Name.

Am Promilleweg stand mitten im Feld die große Feldscheune, auf Platt auch „Fäldscheuer". Sie stand immer da, groß, düster und ein bisschen bedrohlich, wenn wir mit den Rädern ins Nachbardorf zur Eisdiele strampelten, also schnell vorbei und weiter.

Was drin war in der Feldscheune, wussten wir nicht. Sicher hatte jemand Maschinen untergestellt oder auch Heu oder Stroh gelagert.

Irgendwann hatte es aus unerfindlichen Gründen angefangen zu brennen. Die Feuerwehren unserer beiden Dörfer konnten zwar verhindern, dass das Feuer sich weiter ausbreitete und auf Bäume und Felder übergriff, aber die Feldscheune war dann weg. Für die Beteiligten eine Katastrophe, für uns Kinder wieder mal sehr aufregend.

Es gab eh nur drei Kanäle im Fernsehen. Und das war damals auch noch - teilweise - schwarz-weiß.

Der Kaugummiautomat vor dem Lädchen

Mutti hatte mich sehr freundlich gebeten, sie zum Einkaufen ins Dorf zu begleiten. - „Du kommst bitte mit, kannst mir nachher tragen helfen."

Wohlerzogen ‚wie ich war (und immer noch bin), habe ich natürlich und mit allerfreundlichester Miene Muttern wie gewünscht zum Einkaufen ins Dorf begleitet. Sie fuhr das Auto, und ich durfte hinten sitzen, neben der Einkaufstasche. Fast so, wie der Chef vom Nachbar, der auch immer hinten saß, wenn er mit Chauffeur vorfuhr. Ich fühlte mich wichtig, so als Einkaufsbegleiter.

Mit Mutti einkaufen zu gehen hatte durchaus Vorteile. Ich musste nicht bis zur Post oder zur Bank laufen, musste kein Geld holen, Mutti wusste selbst am besten, was sie einkaufen wollte, hatte auch das Geld einstecken, und ich hatte den Kopf frei für wichtige Dinge, wie zum Beispiel das Regal mit dem Süßkram, wo all die nahrhaften Sachen lagen mit Geschmack und ohne überflüssige Vitamine, Schoko-riegel, Marshmallows, Waffeln, Fruchtgummi und so. Alles schön bunt verpackt. Richtig lecker. Was man halt so braucht, wenn man noch im Wachstum ist. Manchmal fiel auch was für mich ab, wenn Mutti gut gelaunt war. Außerdem konnte ich in aller Ruhe kucken, was da alles in den langen Regalen lag außer Muttis Standardprogramm, auf das ich ja sonst

fokussiert war, wenn ich Mutterns handge-
schriebenen Einkaufszettel abzuarbeiten hatte.

Und dann fand ich auf einmal die beiden Groschen in
der Hosentasche. Weiß der Kuckuck, wo die noch
herkamen, bestimmt noch irgendwelches Wechsel-
geld. Zwei Zehnpfennigstücke, ein Vermögen.

Jetzt hatte ich es mit einem Male eilig. Ich musste
ganz schnell nach draußen. – „Mutti, ich bin gleich
wieder da." „Wo willst du hin?" „Ich bin gleich wieder
dahaa!" Und weg war ich.

Draußen hing der rote Kaugummiautomat. Und der
ging nur mit Groschen, also mit Zehnpfennigstücken.
Da konnte man einen Hebel drehen, und dann kamen
da unten aus der Klappe Kaugummis und vielleicht
auch Spielzeuge herausgekullert. Wie so'ne kleine
Tombola. Mein Freund aus der Nachbarschaft hatte
da letztens einen coolen goldenen Siegelring rausgeholt. „Der ist irre wertvoll, so wie der aus-sieht." -
„Da zahlste im Laden sicher viel Kohle für." - „Heb
den bloß gut auf." - Wir hatten uns gegenseitig
überboten. Jetzt wollte ich auch mein Glück
versuchen.

Also den Groschen in den Schlitz gesteckt, den Hebel
gedreht und ... heraus kamen zwei Kaugummi und
ein Silberring. Naja, besser als nix. Also nochmal. Den
zweiten Groschen, den ich hatte, auch noch in den
Schlitz stecken und nochmal drehen. Und diesmal
kamen nur Kaugummi raus.

Und schon erschien Mutti in der Ladentür. „Komm bitte, du kannst mir dann tragen helfen." – Irgendwas ist immer.

Aber ich hatte ja den Silberring, der an meinem Finger auch ganz gut aussah – naja, ganz gut, nix umwerfendes. Und ein paar Kaugummi aus dem Automat hatte ich auch. Mit denen würde ich den anderen Kindern nachher ziemlich cool einen vorkauen. Aber zuerst mussten Muttis Einkäufe nach Hause gebracht werden. Irgendwas ist wohl wirklich immer.

Vielleicht hatte ich ja bei einem späteren Versuch sogar das Glück, dass anstelle von Ring oder Kaugummi eine Glasmurmel aus dem Automat herauskam. Damit war dann auch klar, wohin mit dem nächsten Groschen. - Der Kaugummiautomat war ja immer für'ne Überraschung gut.

Einkauf zu Fuß und mit Vollmacht

Mutti hatte wahrlich keine Langeweile; ständig musste sie jonglieren zwischen dem Büro von Papa's Handwerksbetrieb, dem Haushalt, zwei schulpflichtigen Kindern und sozialen Verpflichtungen. Und so kam es , dass der Junior hin und wieder in den Genuss hoheitlicher und überaus verantwortungsvoller Aufgaben kam.

„Hier hast du eine Vollmacht, einen Einkaufszettel, die Tasche; und jetzt geh bitte los. In einer viertel Stunde machen die Geschäfte wieder auf. - Dann holst du bitte erst Geld auf der Bank, bringst dann das Paket und den Brief zur Post nebenan und gehst dann zum Metzger und ins Lädchen einkaufen, was ich dir aufgeschrieben habe." –

Der Weg ins Dorf, zur Bank war etwa einen Kilometer lang, also in fünfzehn bis zwanzig Minuten bequem zu schaffen. Dann ging ich zur Bank und legte Mutti's Vollmacht vor, die sinngemäß lautete: „Hiermit erteile ich meinem Sohn die Vollmacht vom Konto *so-und-so* DM *so-und-so-viel* abzuheben." Mit Datum und Unterschrift –

Üblicherweise wars 'ne höhere Summe, die ich von den Bankangestellten auch immer ohne Nachfragen ausgehändigt bekam. - Man kannte sich im Dorf.

Mit dem Geld ging's weiter ins Fleischereifachgeschäft und danach in den Tante-Emma-Laden.

Nur das die Tante Emma anders hieß; das war - mit Dorfnamen - die Lotzefrau -.

Anschließend trug ich zwei volle Plastiktüten, eine mit Wurst- und Fleischwaren, eine mit Lebensmitteln und Haushaltsbedarf, zurück durchs Dorf und nach Hause.

Es war bei solchen Einkaufstouren nicht unüblich, dass die Damen hinter der Fleischertheke Mitgefühl zeigten mit einem jungen Einkäufer, und so gab es immer eine kleine Stärkung, was die Sache wesentlich angenehmer machte.

Zu Hause angekommen, stellte ich die Tüten in die Küche, legte das Restgeld auf den Tisch oder an die vereinbarte Stelle und die Sache war für mich erledigt. Damit konnte ich mich dann den wichtigen Dingen wieder zuwenden und hatte frei. Näheres dazu später –

Noch nicht einmal Teenager und schon Chefeinkäufer, sogar mit Kontovollmacht. Das war doch was.

Fahrrad mit Rücktritt

Mein erstes Kinderfahrrad war noch ein Klappfahrrad. In der Mitte des Rahmens war ein Klappgelenk, wo man das Fahrrad platzsparend zusammenklappen konnte, um es irgendwo zu verstauen. Das war allerdings niemals nötig, da das Rad jeden Tag gebraucht wurde, weil ich eben jeden Tag damit unterwegs war.

Wir hatten in der Siedlung eine flache Stelle gefunden, wo wir die Rücktrittbremse unserer Räder immer wieder ausprobierten. Die Fahrräder hatten damals keine Freilaufnabe am Hinterrad, so dass man die Pedale frei gegen die Fahrtrichtung hätte bewegen können. Unsere Räder hatten einen Rücktritt; wenn man die Pedale gegen die Fahrtrichtung trat, wurde das Hinterrad gebremst. Trat man etwas fester gegen die Fahrtrichtung, blockierte das Hinterrad und hinterließ eine schwarze Kurve auf dem Straßenbelag.

Um eine möglichst spektakuläre Kurve hinzukriegen, holten wir mächtig Schwung, traten feste in die Pedale und bremsten dann umso heftiger … mit dem Rücktritt. Dann blockierte das Hinterrad und wir malten mit dem Reifen eine langgezogene S-Kurve auf den Asphalt. Der Haken an der Sache war, dass zum Schluss das Hinterrad zur Seite abschmierte. Dann sollte eigentlich der Fuß auf der anderen Seite des Fahrrades auf der Straße stehen. Ansonsten bremste der Ellbogen - was immer mal wieder vorkam.

Dann stand ich mit aufgerissenen Ellbogen zuhause vor der Tür, und die Mutti klärte mich gleich auf: „Geh zu Deinem Vater". Der Papa grinste nur, „Junge, komm mal her. Wir müssen das erst mal desinfizieren." Er ging zum Küchen-schrank, öffnete die Schranktür und nahm eine weiße Sprühflasche heraus: „Kodan. Desinfektionsspray".

Glückwunsch, Hauptgewinn.

Auf das Zischen der Sprühflasche folgte ein stechender Schmerz im Ellbogen, mit Tränen in den Augen ein „Tut gar nicht weh", dann wurde ein Heftpflaster auf die Wunde aufgeklebt und noch eine Mullbinde drumgewickelt, dass nur ja nichts in die Wunde reinkommt. Anschließend nahm ich gerne noch ein großes Glas von dem süßen Zitronensprudel, den Mutti immer im Kühlschrank hatte und rannte auch schon wieder los, diesmal dann allerdings ohne Fahrrad.

Abenteuer gab's in unserer Neubausiedlung ja auch genug. Und da mussten wir nicht mal lange suchen oder überlegen. Das ergab sich von ganz allein.

Kinderfahrrad vs. Taxi

Als irgendwann genug Häuser in der Neubausiedlung standen, bequemte sich die Gemeindeverwaltung endlich, die bisherige Baustraße – ein lieblos hin gewalztes Asphaltband – zu ersetzen durch eine richtige Siedlungsstraße, so eine mit Rinnsteinen, Tiefbordsteinen, Bürgersteigen, Kanaldeckeln und einem breiten Fahrstreifen. – In Papas Maurerfirma hatte ich ein paar Fachbegriffe aufgeschnappt und fühlte mich als Junior schon als richtiger Fachmann. Mittlerweile war das Asphaltband entfernt und durch eine dicke Tragschicht aus Schotter ersetzt worden. An den Seiten saßen schon Rinnsteine und Bordsteine und zeigten an, wo Bürgersteige und Fahrstreifen entstehen sollten. An manchen Stellen lagen auf der Seite außerdem Sandhaufen und Edelsplitt, der für Pflasterarbeiten gebraucht wurde (und für unsere Spielzeugautos ziemlich ungeeignet war). Wir hatten als fahrradfahrende Kinder eine recht gute Renn- und Slalomstrecke mit der neu entstehenden Straße.

Als ich wieder einmal mit meinem Kinderfahrrad, übrigens das Klapprad, recht flott diese - im Bau befindliche - Straße herunterfuhr, begegnete mir ein Mercedestaxi. Am Steuer saß der Sohn von dem Taxiunternehmer, der ganz hinten in der Siedlung wohnte. Der Junior von der Taxifirma war zwar ein wenig - etwa fünf oder sechs Jahre - älter als ich, durfte aber schon Auto fahren.

Wir beide waren hochkonzentriert. Ich wich noch leicht auf einen dieser seitlich liegenden Sandhaufen aus – nur 'n bisschen, aber immerhin. Zwischen Fahrradlenker und Beifahrertür des Mercedestaxi passte gerade noch eine Kinderhand. Aber bremsen wollten wir beide nicht.

Dafür hatten wir beide unser Fahrzeug zu gut im Griff. Oder so. - Später begegneten wir uns dann des Öfteren auf der fertigen Straße. Dort war mehr Platz zum Ausweichen, auch ohne zu bremsen. - Fahrradhelme kannten wir (bzw. ich) damals nicht.

Die scharfe Axt

Es muss im Herbst gewesen sein, als Papa mich zu sich rief um mir einen Spezialauftrag zu übermitteln. Draußen war das Wetter entsprechend der Jahreszeit nicht so wirklich toll, und so bestand auch nicht die Gefahr, draußen irgendetwas zu verpassen; also ein Tag, den man getrost im Kinderzimmer hätte verbringen können. Spielsachen hätte es dort genug gegeben. - Aber es kam anders.

„Junge, du weißt doch, wo der Kilians-Mann wohnt, wo der seine Schmiede hat?" – Und ob ich das wusste. – „Der weiß schon Bescheid, dass du kommst und ihm die Axt hinbringst. Die muss scharf gemacht werden. Warte bitte solange dort und bring die scharfe Axt gleich wieder mit."

Naja, wenn der Papa der Meinung ist, dass ich der Richtige für den Job bin, dann mach ich das eben. Dafür hatte ich etwa einen Kilometer durchs Dorf zu laufen, was mir keine Probleme bereitete, und nach knapp einer Viertelstunde war ich da und betrat die Schmiedewerkstatt. Die Axt steckte in einer Tüte, die ich in der Hand trug.

Der Gesuchte stand mir auch schon gegenüber, er war fast so groß wie mein Vater, von kräftiger Statur, und er trug wie immer eine blaue Arbeitshose und eine blaue Jacke. „Guten Tag, mein Junge!" – „Guten Tag Herr ... äh ... Kilians-Mann."

Der so Angesprochene lächelte freundlich, fasste mich bei den Schultern und sagte: „Mein lieber Junge, sag ruhig du und den ‚Herr' lass einfach weg. Für dich bin ich der Kilians-Mann." Aber, so lernte ich dann, sein Familienname sei das nicht.

Bei uns auf dem Dorf werden Ältere Personen angesprochen mit dem Dorfnamen, danach erst folgte die Ansprache als -frau oder -mann. Die passende Anrede ist - immer - zweite Person Mehrzahl, also ein respektvolles ‚Ihr' oder ‚Euch'.

Nachdem das geklärt war, nahm mir der Schmiedemeister mit einem freundlichen Lächeln das mitgebrachte Werkzeug, die Axt, die noch nicht einmal besonders stumpf aussah, aus der Hand und begann, das Metall zu bearbeiten.

Derweil hatte ich Zeit, mich ein wenig umzusehen in der Schmiedewerkstatt. Die Wände waren nach vielen Jahren grau vom Ruß des Schmiedefeuers. Überall hingen oder lagen mehr oder minder geordnet Nägel und Schrauben, Zangen, Hämmer, Feilen, Zwingen. In einem Regal lagen elektrische Geräte, Bohrmaschinen, Winkelschleifer, Schrauber, Handkreissäge und so viele interessante Sachen.

Auf dem Tisch in der Mitte des Raumes lag etwas, das aussah wie ein halbfertiges Treppengeländer.

Der Schmied legte die Axtklinge auf die Kohlen seiner Feuerstelle, drückte neben dem Rauchfang auf einen Schalter, und schon begann ein Gebläse zu arbeiten.

Die vorher schwarzen Kohlen glühten rosig, das Schmiedefeuer entwickelte spürbar sehr viel Hitze und die Axtklinge wurde warm. Nach einigen Augenblicken nahm der Schmied die Axt aus der Glut und legte sie auf den Amboss, wo er die Axtklinge mit dem Hammer bearbeitete. Das Spiel mit Glut und Amboss wurde noch zwei oder dreimal wiederholt, bis die Klinge dem prüfenden Blick des Meisters genügte. Dann wurde der heiße Stahl in eine Flüssigkeit getaucht, wo's anfing zu brodeln und zu zischen. – „Das ist nur Wasser. Die Axt wird jetzt abgeschreckt, dann bleibt die Klinge länger scharf." Das klang einleuchtend. Anschließend kam die Flex noch zum Einsatz. „Aber nur zum Polieren!"

Dann wickelte der Meister die Axt noch in ein Blatt Zeitungspapier. „So bleibt die scharfe Klinge gut geschützt und du kannst dich auch selbst nicht dran verletzen." Die Axt wanderte in meine Plastiktüte und ich trug sie wieder nach Hause.

Es kam später noch öfter vor, dass ich diese oder eine andere Axt zum Schärfen an selbige Adresse brachte. Und so nutzte ich auch die Gelegenheit, mit dem Finger die Schärfe der Axtklinge zu testen. - Mit dieser Klinge hätte man Brot schneiden können.

Waren dann später mehrere Meter Holz gehackt, wurde die Axt wieder stumpf und das Spiel begann von neuem. Ein Besuch beim Kilians-Mann war wieder fällig.

Spielzeugautos im Sand

In einer Neubausiedlung gibt es naturgemäß immer wieder neue Baustellen, nämlich dann, wenn wieder ein neues Haus gebaut wird.

Mit das Erste, was auf einer solchen Baustelle eintraf, war ein großer Haufen Schmiersand, also feiner, weißer Bergsand, der beim Hausbau für mehrere Dinge gebraucht wurde. Kanalrohre wurden in Sand gelegt, Mörtel zum Mauern und zum Verputzen wurde aus Sand und Bindemittel hergestellt, und das Allerwichtigste: Wir Nachbarskinder nahmen den Sandhaufen in Beschlag, bauten für unsere Spiel- zeugautos Garagen, Parkplätze, Straßen und Tunnels und spielten stundenlang mit unseren Autos im Sand. Wenn's dann langweilig wurde, weil alle Wege schon mehrfach befahren waren, wurde umgestaltet oder auch mal komplett zerstört und neu gebaut. Sand war immer ein geduldiger Baustoff.

Dann und wann mussten Spielzeugautos als Unfall- wagen herhalten. Das war dann auch das Ende des Autos. Dafür nahmen wir einen Steinbrocken zur Hand ... Sie ahnen es vielleicht … Das kam aber eher selten vor. Nur so viel: Wir hatten durchaus genaue Vorstellungen davon, wie Unfallwagen auszusehen hatten. - Gemeint sind natürlich Spielzeugautos.

Der Modellbau-Wettbewerb

Im Hinterdorf gab es das kleine Dorfkaufhaus von Herrn B., in dem es Geschirr, Haushalts- und Schreibwaren, Textilien und Tischdecken zu kaufen gab. All das interessierte uns aber weniger als vielmehr die kleine Auswahl an Spielsachen, die auf einem der Regale auf uns wartete, unter anderem Spielzeugautos, die wir für die Sandhaufen auf den Baustellen brauchten, Schlümpfe, kleine Figuren, zum Sammeln und die Modellbausätze, die wir zu Schiffen, Flugzeugen und anderem Gerät zusammenbauten; Kriegsschiffe, Flugzeugträger, Düsenjets und Propellermaschinen und so weiter.

Irgendwann hatte Herr B., Kaufmann alter Schule durch und durch, die für die Siebziger Jahre allermodernste Idee, als besondere Maßnahme in Sachen Kundenbindung, einen Wettbewerb auszuschreiben, wer wohl das schönste Modell abliefert. Und fortan wurde gebastelt, jedes Modell nach Anleitung, diese in Form einer Explosionszeichnung, die dem heutigen Ingenieur noch große Hochachtung abnötigt und für den kleinen Jungen wieder und wieder eine große Herausforderung war. Am Tag der Tage schließlich standen mehrere Modelle im Schaufenster, vollständig und ordentlich zusammengefügt und beklebt mit den Flaggen und Abzeichen des jeweiligen Landes und des Militärs, für das die Maschine im

Einsatz war. Daneben standen die Modelle der Mitbewerber, davon die meisten von meinem Kinderfreund Jan aus der Nachbarschaft, wie auf den Namensschildchen zu lesen war. Zu meinem Entsetzen waren die Modelle auch noch bemalt, wenn auch nicht alle in Tarnfarben, sondern zum Teil recht abwechslungsreich und bunt. Ans Bemalen hatte ich nicht gedacht und es auch gar nicht erst versucht. So landete der Pokal – verdientermaßen - beim Nachbarsjungen im Regal und nicht bei mir.

Die Enttäuschung hielt nicht lange an, und wir wendeten uns wieder neuen Abenteuern zu. Später hörte ich, dass der Papa vom Nachbarsjungen seinem Sohn ein bisschen geholfen hatte. Aber ich war ja immerhin zweiter, und nicht vorletzter.

Brennholz fürs Straßenfest

Unsere Stadtteilgemeinde, besser: einige ebenso tatkräftige wie trinkfeste Bewohner aus der Nachbarschaft hatten beschlossen, ein Straßenfest zu feiern. Und weil's ja nix kosten sollte, waren auch schnell Name und Motto gefunden: Das Kängurufest – große Sprünge mit leerem Beutel, was allerdings nicht ganz ernst gemeint war.

Als Veranstaltungort war die Alte Eiche ausgesucht worden. Sie stand mitten im Neubaugebiet, und der Eigentümer des Grundstückes, auf dem die Eiche stand, hatte auch schon zugestimmt. Die großen Feierlichkeiten sollten an einem Wochenende im Spätsommer stattfinden und drei Tage andauern.

Nachdem alle Planungen abgeschlossen waren, wurden das Vereinszelt der Ortsvereine sowie ein Bierwagen und ein großer Grill aufgestellt, Thekendienste und Schichten für Grill und Zapfhahn wurden unter den Helfenden aufgeteilt, und sogar Kuchen waren gebacken worden.

Bei solchen Festen gings rustikal zu. Eine Wurst vom Grill mit Senf und 'ner Scheibe Brot reichte aus, getrunken wurde viel Bier, und wer keins mochte, bekam Wasser, Fanta oder auch Cola.

Ja, und Schnaps gabs dann auch, zu späterer Stunde, für die Erwachsenen. Für uns Kinder eher nicht.

Unser Auftritt kam dann, als sich herausstellt, dass etwas sehr Wesentliches fehlte. - Auch wenn's alles andere als kalt war, ein Lagerfeuer sollte brennen, und Holz musste herbei.

Also zogen wir Kinder los, bewaffnet mit Bügelsäge und 'ner scharfen Axt (Ja, genau die!) und suchten uns einen passenden Baum im Wald.

Wir kannten unseren Wald ja sehr gut und wussten darum schon ziemlich genau, wo der passende Baum - eine junge Buche - stand, die wir auch zielstrebig aufsuchten, und wo wir dann unser Werkzeug zum Einsatz brachten.

Es brauchte nicht viel und dauerte auch nicht lange, bis der Baum fiel; allerdings etwas unprofessionell, denn wir schnitten den Stamm in etwa einem halben Meter Höhe durch. - Der Stumpf steht nach so vielen Jahren übrigens heute noch dort.

Dann schlugen wir mit der Axt die dünnen Äste und Zweige ab, teilten den Baum mit der Säge noch in drei oder vier Teile und schleppten das frisch geschlagene Holz zum Festplatz. Die Erwachsenen schnitten dann das Holz, das wir geholt hatten, in kleinere Stücke, die fürs Lagefeuer passten. Und wir Kinder bekamen zur Belohnung 'ne Bratwurst und was zu Trinken. Die Gaudi konnte uns ja sowieso keiner mehr nehmen.

Und wir fühlten uns wichtig – ohne uns kein Feuer!

Klavier am Freitag

Jeden Freitagnachmittag hatte ich zu Frau Rose zum Klavierunterricht zu laufen. Für den Weg dorthin brauchte ich zu Fuß etwa zwanzig Minuten. Ich lief erst runter ins Dorf und dann die Mauerstrasse steil bergauf, vorbei an alten Fachwerkhäusern, zwei oder drei alten Häusern, die aus Natursteinen gemauert waren und einigen wenigen modernen Wohnhäusern. Eins davon gehörte Frau Rose.

Wenn ich als kleiner Klavierschüler dort angekommen war, begann die Klavierstunde damit, dass ich ihr meine Hausaufgaben vorzuspielen hatte, also das, was ich zu Hause eine Woche lang geübt hatte – Jeden Tag. Endlose fünfzehn Minuten. Mindestens.

Wenn es gut war, dann zeigte sie mir danach etwas Neues und ich durfte ein neues Stück einüben. War sie noch nicht zufrieden, lies sie mich üben, bis sie zufrieden war– rechte und linke Hand alleine, bis es klappte, dann zusammen. Solange saß ich alleine im Wohnzimmer am Klavier, übte, und Frau Rose unterhielt sich im Nebenzimmer mit einer anderen Frau aus dem Dorf auf platt. Ich glaube, das war ihre Putzfrau. Frau Rose war nämlich Lehrerin. Da kann man sich Personal leisten.

Wenn die beiden Frauen im Nebenzimmer platt, also den Dorfdialekt, sprachen, verstand ich meist alles, was gesagt wurde; jedenfalls solange die Noten, die ich zu üben hatte, es zuließen, dass ich neben dem Klavierspielen auch noch die Ohren spitzte. Manchmal hat Frau Rose auch einfach die Tür zugemacht.

Umso mehr faszinierte es mich (bis heute), dass Frau Rose während ihrer Unterhaltung mit der anderen Frau im Nebenzimmer hören konnte, ob ich am Klavier richtig oder falsch spielte. Manchmal kam sie aus dem Nebenraum rüber und meinte, mich zurechtweisen zu müssen. Dabei hatte ich die ganze Zeit so konzentriert Klavier gespielt und nur ganz wenig die Ohren gespitzt und zugehört. - Siehe oben!

Wenn die Klavierstunde um war, machte ich mich wieder auf den Weg nach Hause, brauchte aber für retour manchmal ein paar Minuten länger, weil es unterwegs so viel zu sehen gab. Auf Abenteuer konnte ich mich meist nicht einlassen, da ich die Tasche mit meinen Klaviernoten dabei hatte. Und die Gefahr, auf der Wiese in einer Tretmine zu landen, in Kuhfladen, Pfützen oder einfach im nassen Gras auszurutschen, war einfach zu groß.

Wenn der Monat rum war, dann gaben mir die Eltern Geld mit und ich musste - die Klavierstunde kostete damals acht Mark - bei Frau Rose meinen Klavierunterricht bezahlen. Meine Eltern hielten das für 'ne gute Investition.

Der Staubsauger

Hin und wieder hatte Mutti besondere Lektionen in Sachen Hausarbeit parat für ihren Sohn.

Bevor nach dem Mittagessen und Hausaufgaben die wichtigen Dinge eines Wochentages anstanden wie Fahrradfahren, Spielen im Wald und in der Siedlung, Baustellen erkunden oder dringende Besorgungen im Dorfladen, gab es hin und wieder besondere Aufgaben zu erledigen. Mutti hatte dann den Staub-sauger, ein lärmendes Ungetüm, schon in den Flur gestellt. Der Gedanke ‚Nein, nicht das schon wieder. *Lass diese Schmach an mir vorübergehen!*' blieb unerfüllt. „Junge, du könntest bitte einmal schnell die Wohnung durchsaugen. Aber bitte nicht nur mal eben schnell, sondern bitte gründlich!" –

Man konnte es drehen und wenden, wie auch immer, es gab einfach keine guten Gegenargumente, die richtig zogen. Ich hatte mich dann zu fügen und die Wohnung zu saugen.

Offenbar hatte ich die mir aufgetragenen Arbeit dann doch zur Zufriedenheit meiner Auftraggeberin aus-führen können, denn ich bekam hinterher einen Heiermann überreicht;- fünf Mark, die zu dieser Zeit für mich viel Geld waren.

Damit konnte man so vieles kaufen; ein neues Auto von Siku oder Matchbox, Süßigkeiten oder anderes. Dringende Besorgungen waren damit finanziert.

Munition für die Räuberpistole

Zu den besonders dringenden Besorgungen zählte, dass wir von Zeit zu Zeit ins Dorf marschierten, um in dem anderen Dorfladen, dem von der Tante Trude, Munition für unsere Cowboy- und Räuber-pistolen zu kaufen.

Für manche unserer Kinderschusswaffen brauchten wir Zündplättchen, das waren dünne Papierbänder, auf die kleine pyrotechnische Munition aufgebracht waren – etwa hundert Schuss auf der Rolle.

Andere Pistolen funktionierten mit einer Acht-Schuss-Munition, einem Plastikring mit kleinen Munitionen, der immer wieder neu in die Revolvertrommel eingelegt werden musste.

Ein Trommelrevolver war ja schon etwas näher an der Realität. Jedenfalls besser als die Schießeisen mit Zündplättchen, die allerdings lauter geknallt haben. Und Qualm gabs bei den Zündplättchen auch.

In dem Laden von der Tante - die ja gar nicht meine Tante war, aber so angesprochen wurde - gabs eine Unmenge an Geschirr, dass rundrum auf den Regalen stand; Cafeservice und Essgeschirr, Bestecke, Haus-haltsgeräte und Blumenvasen. Ich hab dort sogar meine Malblocks bekommen und auch Batterien für die Taschenlampe. Nur eines hatte die Tante nicht im Laden; sie hatte keine Staubsauger zu verkaufen. Deshalb war sie mir besonders sympatisch.

Zigarren im Unterholz

Manchmal durfte ich mit dem Tom, meinem Kinder-
freund aus dem Nachbarhaus nebenan, beim Opa
Hopp fernsehen.

Der Opa war schon sehr alt. Opa Hopp hatte sein
Zimmer im Haus von Tom's Eltern. Er saß den ganzen
Tag an seinem Platz auf seinem Sessel an seinem
Tisch, sah fern und machte ein Kreuzworträtsel nach
dem anderen. Und er rauchte permanent Zigarillos.

Wenn ich bei Tom zu Besuch war, dann saßen wir
meist beim Opa Hopp und sahen fern. Und wenn wir
dann aus dem Zimmer kamen, dann rochen wir
ziemlich penetrant, nein, wir rochen nicht nur, wir
stanken nach dem Rauch von Opa's Zigarillos.

Wir hatten die Grundschule hinter uns, gingen alters-
mäßig in Richtung Teenager und fühlten uns schon
recht stark und für jedes neue Abenteuer gerüstet.
Da war dann auch die Idee nicht weit, wir müssten
jetzt auch mal eine rauchen. Tom lenkte den Opa ab
und wir stibitzten dann eine von Opa's Zigarillos - für
jeden von uns. Danach hatten wir's ziemlich eilig, mit
den Rädern weg zu kommen und suchten uns ein
passendes Versteck..

Wir krochen unter einen Busch, der an einem Abhang
stand und von dem aus wir die Gegend einigermaßen
überblicken konnten. Hinter uns waren Äcker und
Felder, der Bauer war nicht zu sehen, und die Luft

schien rein zu sein. Vor unserem Versteck war der Abhang, unten am Fuß des Hanges verlief die Straße, die aber nicht sehr stark befahren war. Wir fühlten uns unter dem Busch sicher - und unsichtbar.

Genau hier zündeten wir uns dann unser erstes gemeinsames Zigarillo an. Es war ziemlich aufregend, es schmeckte scheußlich - was aber keiner von uns beiden zugab - und wir mussten reichlich husten.

Später haben wir im Tante Emma Laden eine Packung Zigaretten mit Filter besorgt, mit der wir üben wollten. Wir waren ja öfter dort, um Süßigkeiten zu kaufen; wenn man es richtig anstellte, dann kosteten die Zigaretten auch nicht viel.

Mit der Zigarettenpackung und einem Feuerzeug zogen wir uns dann mehr oder minder unauffällig in unser Versteck unter dem Strauch zurück und probierten weiter, wie das mit dem Rauchen am besten funktioniert. - Wenn wir vorsichtig an der Zigarette zogen, klappte es auch mit jedem Zug ein bisschen besser.

Und wenn wir offiziell bzw. hinterher sowieso bei Opa Hopp zum Fernsehen waren, dann rochen wir sowieso nach Rauch und keiner hat was von unserer Raucherei gemerkt. - Dachten wir jedenfalls.

Western von gestern

Beim Opa Hopp gab es einen festen Termin in der Woche, freitags am späten Nachmittag liefen im Fernsehen neue Folgen der Serie ‚Western von gestern', die für uns zum Pflichttermin wurden.

Wenn ‚Zorro' unter seiner Maske als Held gegen skrupellose Geschäftsleute und Banditen zu Felde zog, wenn ‚Fuzzy' seine zahlreichen Abenteuer auf urkomische Weise zu bestehen hatte und wenn ‚der Singende Pfeil' für das Gute über den Bildschirm flog, dann mussten wir natürlich aufmerksam zuschauen. Opa Hopp löste derweil Kreuzworträtsel und rauchte Zigarillos. Und ich brachte den Duft nach Rauch und Abenteuer dann mit nach Hausen. – Das war dann schon irgendwie stilecht.

Die Filmgeschichten waren hinterher immer wieder Thema, wenn wir mit unseren Räuberpistolen als große Cowboys (wenn auch ohne Pferd) im Wald für Recht und Ordnung sorgten und wie wild mit den Spielzeugrevolvern rumballerten - jedenfalls solange wir Munition hatten. War die Munition verbraucht, mussten wir wieder ins Dorf runter, um neue Zündblättchen oder Ringmunition für unsere Spielzeug- und Trommelrevolver zu kaufen. - Solange das Taschengeld ausreichte.

Campingplatz mit Schwimmbad

Bei dem Nachbardorf, das hinter dem kleinen Wäldchen lag, gab es einen Campingplatz. An sich ist das noch nix weltbewegendes, aber der Campingplatz verfügte über ein Freibad und daneben noch über einen Kiosk, wo man sich mit Limo oder Cola, Bonbons und Schokolade eindecken konnte.

Von unserer Siedlung waren wir mit dem Fahrrad in zwanzig Minuten dort. Die etwa vier Kilometer lange Strecke per Fahrrad stellte für uns keinerlei Problem dar und somit stand das Programm für den einen oder anderen Sommernachmittag fest.

Mit den Rädern fuhren wir - gerade mal Teenager - am Wald vorbei zum Campingplatz, zahlten den Eintritt vom Taschengeld und suchten uns einen Platz auf der Liegewiese. In der gebotenen Eile Schuhe und Klamotten aus - die Badehose war schon drunter, dann kurz duschen und rein ins kühle Nass. Im Schwimmbad blieben wir dann so lange, bis die Lippen blau wurden und das Leugnen keinen Sinn mehr machte. Wir froren und mussten aus dem Wasser raus - kurz abtrocknen und in der Sonne erstmal wieder aufwärmen. Mit ner Cola und ein bisschen Süßkram ging das besonders gut. Wenn die Nachbarin dann noch freundlich lächelte ... Später fuhren wir mit den Rädern wieder heim und erzählten von unserem Abenteuer im Freibad.

Straßenfußball

Wenn nichts Besonderes anlag, kein Wetter zum Mit-Spielzeugautos-im-Sand-spielen, keine Lust zum Fahrradfahren, dann holten wir einen Ball raus und trafen uns vor dem Haus auf der Straße. Jan und Olli kamen dann die Straße hoch gelaufen, Tom wohnte sowieso nebenan.

Wir schossen uns gegenseitig ein paar Bälle zu, spielten Ball mitten auf der Straße. Und wenn doch mal ein Auto kam, musste der Fahrer warten, bis wir geschossen hatten, der Ball seinen Mann gefunden hatte, und der Junge den Ball auch festhielt. Vorher konnte das Auto nicht vorbei - egal, wer's war.

Eigentlich war ja genug Platz auf der Straße, aber wenn mal wieder ein Schuss etwas fester ausfiel, der Ball etwas härter getroffen wurde, die Richtung nicht so ganz stimmte, zu wenig gezielt - oder zu ungenau, dann landete der Ball auch schon mal bei Nachbars zwischen den Blumenbeeten. Oder einfach nur auf dem Hof. Hinter dem geschlossenen Hoftor.

Besagter Nachbar war der Erste, jeden Samstag, der die Straße gekehrt hatte; er war winters ebenso der Erste, der jeden Morgen den Schnee weggeräumt hatte von Hof und Bürgersteig. Bei dem hätte man von Fußboden essen können; obwohl ich ziemlich sicher bin, dass es bei Nachbars Tische und Sitzmöbel in ausreichender Menge gab. - Ich meine ja nur. -

Korrekt vom Scheitel bis zum Stern auf der Haube, das war der Nachbar. Und das Tor war meistens zu. Geschlossene Hoftore haben ja immer so etwas abweisendes, und uns war - aus gegebenen Anlass - nie so richtig wohl dabei, wenn wir von Nachbars Grundstück unseren Ball holen mussten. Der Nachbar hatte unglücklicherweise auch noch sein Büro vorne an der Ecke zur Straße, und er war dann auch immer gleich am Fenster, wenn ein Ball hinter seinem Zaun gelandet war, also da, wo unser Ball eigentlich überhaupt nichts zu suchen hatte.

Meist durften wir, wenn wir dann höflich anfragten, ob wir mal kurz über den Zaun dürfen, um den Ball zu holen, unseren Ball auch zurückholen. Es soll aber auch vorgekommen sein, dass dem Nachbar der Ton oder was auch immer mal nicht gepasst hat, und dann war der Ball weg. Zumindest für die nächsten Tage, bis er auf wundersame Weise irgendwo wieder auftauchte.

Mit manchen Nachbarn war (und ist) eben sommers wie auch im Winter nicht gut Kirschenessen … oder Ball spielen. Die drohen dann auch nicht nur mit dem Zeigefinger.

Im Hof der Fleischerei

Wenn die Schule aus war, wurden wir mit dem Bus von unserer Grundschule, die im Nachbardorf war, in unser Dorf bis zum Bürgerhaus gefahren, von wo wir dann nach Hause laufen durften. Zwanzig Minuten, in denen man viel erleben konnte.

Unter anderem führte der Weg vorbei am Fleischereifachgeschäft, in dem ich manchmal für Mutti einzukaufen hatte. Dort konnte ich mir an gewissen Tagen einen kleinen Zwischenstopp nicht verkneifen. Dann musste ich erstmal über den Hof bis vors Tor gehen, und zusehen, wie Schweine geschlachtet wurden.

Manchmal stand der PKW vom Chef noch da, hintendran der Anhänger, mit dem die Tiere vom Hof abgeholt worden waren, und wir Kinder mogelten uns dann irgendwie dran vorbei, in der Hoffnung, dass es irgendwas zu sehen gab.

Die Tiere wurden mit einer Elektrozange betäubt und dann mit 'ner Kette ums Hinterbein kopfüber aufgehängt. Weitere Details verkneif ich mir jetzt.

Einmal kam ich zum Tor der Metzgerei, als die Männer gerade ein Rind dort stehen hatten. Einer schloss aber dann schnell das Tor, weil das Tier ziemlich nervös war.

Ich wusste sowieso, was passieren würde, hörte auch dann den Knall des Bolzenschussgerätes, mit dem das Tier angeblich betäubt wurde. – Das wurde uns dann immer so erzählt.

Und ich wusste auch, dass das Tier in dem Moment, wo es fällt, erstmal mit allen vieren um sich tritt. In diesem Moment von einem der Vorder- oder Hinterbeine des Tieres getroffen zu werden, wäre das Letze was man brauchen konnte. Egal zu welcher Zeit. –

Deshalb mussten die Männer, die drumherum standen, sehr vorsichtig sein und konnten kein Publikum gebrauchen.

Es war damals - und ist bis heute - ein Faszinosum, wie „das Tier in die Pelle kommt". - Auch wenn's makaber klingt - Nein! - es ist kein Voyeurismus, sondern vielmehr Respekt vor dem Handwerk der Meister und Gesellen, die dem Tier, das mit viel Sorgfalt gepflegt und aufgezogen wurde, das Leben nehmen, die aber auch aus dem Fleisch Nahrung herstellen.

Ich wusste als Kind, wie gut Milch und Butter, Wurst und Fleisch schmeckten, wenn sie zubereitet waren, sah Tiere auf der Weide und im Stall stehen und wusste auch, wie das Eine zum Anderen gehörte, wir fütterten und streichelten auch gerne Tiere, und das mit Hingabe. Und wir aßen gerne Fleisch

Auch wenn ich später feststellte, dass ich selbst nicht töten kann, ist mir bei aller Achtung vor dem Leben doch jede Sentimentalität gegenüber Nutz-tieren fremd. - Ein Widerspruch, mit dem ich leben kann.

Hausschlachtung

Der alte Bauernhof, ein Dreiseithof, hatte an diesem Morgen etwas Geheimnisvolles, sogar etwas leicht Bedrohliches. Ich war elf oder zwölf Jahre alt. Als wir auf dem Hof vom Paul, mit Dorfname Dottes Paul, ankamen, war es für einen Samstag noch recht früh, es war kurz nach sieben Uhr. Papa wollte die beiden Wannen aus dem Auto ausräumen und ins Schlachthaus tragen, aber der Paul drängte: „Komm erstmal mit! Wir haben nicht viel Zeit" – Das Schlachthaus war vorne an der Straße, im vorderen Ende des Stallgebäudes untergebracht. Stall, Scheune und Wohnhaus standen an den drei Seiten des Hofes, der zur Straße hin offen war, deshalb Dreiseithof.

Die Untergeschosse der Gebäude waren aus Ziegelsteinen gemauert, darüber Fachwerk und Satteldächer, die mit Dachziegeln gedeckt waren.

Papa hatte nur gesagt: „Mach du das mal" und war dem Paul dann Richtung Stall gefolgt. Ich trug die beiden Körbe mit den Gewürzen und dem Geschirr, das die Eltern für die Hausschlachtung zusammengepackt hatten, in den langen schmalen Schlachtraum. Links in der Ecke befand sich ein Waschbecken, dann kam eine lange Arbeitsplatte, hinten stand ein Kochkessel, in dem unter dem Kessel nachher Feuer gemacht werden sollte. Und dann stand da hinten noch ein großer Tisch, wo ich die Körbe abstellte.

Dann kamen die beiden Männer zurück mit einem Schwein, das sie am Strick Richtung Schlachthaus führten. Das Tier ahnte wohl, was kommen sollte und wehrte sich lautstark. Aber schließlich obsiegte doch des Menschen Wille, das Bolzenschussgerät knallte und die Sau zappelte noch ein wenig mit den kurzen Beinen. Der Paul hatte das arme Schwein abgestochen und rief: „Gib mir mal die große Schüssel!"

Die gab er mir kurz darauf wieder mit den Worten: „Du musst das Blut gut rühren, dass es nicht anfängt zu stocken." Ich wusste, dass Blut rot ist, tat, wie mir geheißen und dachte mir nichts weiter dabei.

Während ich mit Rühren beschäftigt war, begannen die Männer mit der Arbeit. Zuerst wurde das Tier im heißen Wasser in einer Metallwanne gewaschen - so dachte ich. (Zum Folgenden keine Details) – […]

Unter dem Kochkessel im Schlachthaus brannte schon bald ein Feuer und erhitzte das Wasser, das zum Fleisch- und Wurstkochen gebraucht wurde

Wenig später kam Paul schwer beladen ins Schlachthaus, legte die erste der beiden Hälften des Tierkörpers auf die Arbeitsplatte und begann auch gleich, diese zu zerlegen. Dabei benutzte er ein scharfes Beil, das aber so ganz anders aussah als die Werkzeuge, die ich von Papas Werkzeugsammlung her kannte. Der Paul hatte auch noch große Messer, kleinere, spitze Messer und einen Wetzstahl, mit dem er die Messer immer wieder nachschärfte.

Ein Teil das Fleisches musste dann auf einer Tischplatte auf dem Hof trocknen , bewacht durch einen elfjährigen Schlachthelfer, der wieder sein Bestes tat. Dann kam jemand vorbei, der eine Trichinenbeschau durchführte, ein Formular wurde unterschrieben, ein Schnaps getrunken, die erste Runde des Tages - „und das Finanzielle machen wir später."

Ein Fleischwolf kam zum Einsatz, Fleischbrät wurde in Kunstdärme gefüllt, kleinere, runde Kringel, die in Ober- und Nordhessen als ‚Ahle Worscht' und längere Würste, die als ‚Stracke' bekannt sind.

Währenddessen kochten einzelne Fleischstücke im kochenden Wasser.

Gegen zehn Uhr gabs Frühstück in der Küche des Bauernhauses mit frischem Hackfleisch, Zwiebeln, Brot und sauren Gurken.

Aus den gekochten Fleischstücken und Innereien wurde dann nach dem Wolfen Wurstmasse für Leber- und Blutwurst zusammen gerührt. Hier kam das But zum Einsatz. - Sowohl das Brät als auch Wurstmassen wurden nach kurzen Diskussionen individuell und sorgfältig gewürzt.

Kringel und Stracke wurden in die Räucherkammer unterm Dach gebracht, wo sie zunächst zu trocknen hatten, bevor sie „in den Rauch" kamen.

Die Masse für Leber- und Blutwurst wurde in Blasen und Naturdärme gefüllt und musste dann über mehrere Stunden im Kessel kochen.

War die Arbeit getan, musste dann das Schlachthaus gründlich gereinigt werden. Beim Kochen hatte sich eine dicke Fettschicht überall abgelagert, die natürlich wegmusste.

Und wenn die Metzgermesser im kochend heißen Wasser abgespült waren, schnitt ich mir jedes Mal – jedes Jahr wieder! – beim Abtrocknen in den Finger.

Nachdem die Wurst gekocht war, wurden die Blasen und Würste ebenfalls zum Trocknen und Räuchern in die Räucherkammer gebracht. Die Fleischstücke, die als Kochfleisch oder zum Braten aussortiert waren, nahmen wir mit nach Hause.

Am nächsten Tag musste noch etwas aufgeräumt werden, und in den folgenden Tagen war Mutti damit beschäftigt, das Fett auszulassen und die Brühe vom Wurstkochen einzukochen. Danach musste dann auch zu Hause die Küche abgewaschen und geputzt werden.

Hausschlachtungen sind heute in dieser Form nicht mehr möglich. Aber ich habe an all diesen Tagen erlebt, „wie das Tier in die Pelle" kommt, und ich habe erlebt, dass jedes Teil, aber auch alles von dem Tier, seine Verwendung fand und nichts ungenutzt blieb.

Übrigens konnte ich lange Zeit den Geschmack von der Wurstsuppe, die vom Wurstkochen, nicht wiederfinden. Das gab's und gibt's nur beim Schlachteessen.

Baumkletterei

Es gab auch solche Tage, an denen uns nicht nach Fahrradfahren war, Spielzeugautos und Sand waren gerade nicht oder nicht mehr en vogue und für die Spielzeugpistolen war gerade keine Munition da, also fiel Cowboyspielen auch weg. Was also tun mit dem ganzen Nachmittag?

Wir liefen im Wald herum und irgendeiner fasste dann einen folgenschweren Gedanken, zeigte auf einen Baum und sagte: „Da geh ich jetzt hoch." – Kunststück, so ganz ohne Leiter. Wo sind Äste oder Astgabeln, wo Möglichkeiten zum Festhalten, zum Hochziehen. Trägt der Ast, auf dem ich grad stehe? Wenn nicht, geht's ganz schnell richtig tief runter.

Also war Festhalten Pflicht. Klettergeschirr, -gurte oder Sicherungsseile waren uns damals noch nicht einmal vom Namen her bekannt. Wofür auch? 😄

Erstmal an die untersten Äste dran- und dann auch auf den Baum hoch kommen, das war das erste Problem. Und dann haben z.B. Buchen ja eine relativ glatte Rinde, andere Bäume schon rauere Borke, bloß nicht abrutschen.

Nadelbäume schieden übrigens von vorneherein aus, weil ihre Nadeln viel zu sehr piksen, weil sie harzig sind und das Baumharz klebt wie Pech, weil die Äste, wenn sie in erreichbarer Höhe waren, viel zu dicht waren, so dass man keine Aussicht mehr hatte oder weil die Äste schon so hoch hingen, das wir nicht mehr dran kamen. Also beschränkten wir unsere Auswahl von vorneherein auf Laubbäume.

Die waren dann auch recht hoch, aber mit ein bisschen Geduld ließ sich der eine oder andere Kletterbaum finden, wo wir mit etwas Anlauf den untersten Ast erreichen konnten, uns hochziehen konnten und dann weiter nach oben kletterten. Die Aussicht war je nach Standort unseres Baumes phänomenal – der ganze Wald, die Welt lag uns zu Füßen. Ganz zu schweigen von dem Erfolgserlebnis: „Du bist oben. Du hast's geschafft." - Nein, wir waren noch keine großen Bergsteiger, nur ein paar kleine Jungen, die auf hohe Bäume kletterten ... hin und wieder.

Das nächste Problem hieß: Runterkommen. Aber wenn wir's nicht immer wieder unfallfrei geschafft hätten, in die eine wie in die andere Richtung, hätte ich diese Geschichte nicht aufgeschrieben.

Der Geruch vom Wald, am besten noch, wenn's kurz zuvor geregnet hatte und die feuchte Luft langsam aufstieg, das war für uns damals Tagesgeschäft, und niemand hätte sich damals träumen lassen, dass genau das in ferner Zukunft teuer verkauft werden würde als Waldbaden. Wie gesagt: Tagesgeschäft. Ganz normal und selbstverständlich.

Das Taubenhaus

Der Nachbar – ein paar Häuser weiter – hatte die Garage aufstocken lassen, weil er mit der Taubenzucht beginnen wollte. Das war ein Thema für die kleine Neubausiedlung.

Was macht der da? - Wie kann der sich das leisten? - Was will der mit den vielen Tauben? - Die Vögel machen doch sicher Krach! - Und Dreck machen sie auch! - Wer macht uns die Hausdächer hinterher wieder sauber? - Und so weiter.

Wenige Wochen später stand das Taubenhaus, die Vögel waren eingezogen. Wenn man näher kam, war das Gurren der Tauben schon zu hören. Mir als Kind war's schon aufgefallen; das Aussehen vom Taubenstall passte nicht so wirklich zu der Architektur von Nachbars Bungalow. Aber keiner störte sich dran.

Hin und wieder stieg ein Schwarm Tauben auf und zog ein paar Kreise, manchmal wurden die Tauben von Nachbars mit den Tauben von anderen Züchtern irgendwohin gefahren und flogen dann wieder nach Hause zurück. Die Tauben gehörten bald schon zum Ortsbild und zu unserer Siedlung dazu. So wie eben zu jedem Dorf Tiere - welche auch immer - einfach dazugehören.

Nachbar's Manta

Der Henri war der große Bruder von meinem Kinder-freund Tom. Er war auch einige Jahre älter und durfte mittlerweile Autofahren. Und irgendwann musste er zum Bund und kam immer mal wieder im Grünzeug von Ypsilon-reisen - „Wir buchen, sie fluchen." - nach Hause. Danach kaufe er sich ein schickes Auto, so eins für richtige Kerle, 'nen schwarzen Manta.

Den liebte er wohl über alles. Jeden Tag putzte und wienerte er den Wagen, schraubte und werkelte unter der geöffneten Motorhaube, saugte und wischte im Innenraum. Das Auto blitze und blinkte, wenn es bei Nachbars auf dem Hof stand, niemals war auch nur ein Stäubchen oder gar ein Flecken auf dem Lack zu sehen. Bis zu seiner Familiengründung fuhr und pflegte Henri seinen Manta und war in Sachen Wagenpflege wahrlich ein Vorbild. Getunt hatte er das Auto nicht, jedenfalls war nie etwas zu sehen von auffällig breiten Schlappen oder dicken Auspuffrohren. Noch nicht einmal der angeblich obligatorische Fuchsschwanz, klischeemäßig das Erkennungszeichen von Mantafahrern, war vor-handen. Nur ein paar blankgeputzte Chromleisten. Später fuhr das Auto der jüngere Bruder, und somit stand die Karre noch weitere Jahre nebenan vorm Haus. Der Vorbesitzer fuhr ja jetzt Familienkutsche.

Die Motorradgang nebenan

Außer Manta fuhr der Nachbar auch gerne und viel Motorrad. Und er fuhr nicht alleine. - Wenn sonntags kurz nach Mittag ein leises Donnergrollen langsam näher kam, dann war klar, mit sonntäglicher Mittagsruhe ist heute mal wieder nix.

Dann fuhren bei Nachbars etwa ein Dutzend Motorräder vor, die meisten würde man heute als Nakedbikes bezeichnen. Manche hatten auch Halb- oder Vollverkleidung. Keine Maschine unter neunhundert Kubik, und die klangen dann auch so. Da bekamen wir Kinder immer ganz große Augen.

Henri's Motorradfreunde waren alles Jungs aus dem Dorf oder aus den Nachbarorten. Alle hatten Nierengurte über der engen Jeans und einige, nicht alle, hatten schwarze Lederjacken an. Manche fuhren auch einfach nur im Hemd. Besonders cool fand ich, wenn die Jungs ohne Helm losbrausten. Wir fuhren übrigens auch Fahrrad ohne Helm. Nur halt Fahrrad zum selber trampeln, nix mit Motor.

Der Nachbar selbst fuhr erst eine tausender Kawa, später stand neben dem Kawasaki Schriftzug sogar die Zahl dreizehnhundert. Das war für einen kleine Jungen schon eine beeindruckende Zahl. Wirklich ein- und zuordnen konnte ich die Zahl damals aber noch nicht. Für einen kleinen Jungen war es aber immer wieder wahnsinnig beeindruckend und faszinierend, wenn du aufm Hof daneben stehst und die großen Maschinen werden eine nach der anderen gestartet.

Manchmal dachte ich, in Nachbars Garage wurde es ziemlich eng, wenn da drin zwei PKW standen, der Manta vom Henri und der Wagen von Henri's Eltern auch, dann noch das große Motorrad. Außerdem stand vorne in der Garage noch das ganze Putz- und Werkzeug, das der Nachbar für die Motorrad- und Wagenpflege brauchte.

Dazu gehörte allen Ernstes auch ein Campingkocher, weil die Motorradkette nicht nur in Öl eingelegt, sondern gekocht wurde – das habe ich mir als Kind jedenfalls so erzählen lassen.

Übertrieben kam mir das aber damals auch schon vor. Umso mehr hat mich fasziniert, wenn ich zu Fuß oder mit meinem Kinderfahrrad unterwegs war und dabei manchmal Motorradfahrern begegnete, die in Jeans und Hemd und mit dem Nierengurt auf der Maschine saßen und so richtig Gas geben konnten. Und das ohne Helm!

Das dabei auch mal Unfälle passieren konnten mit äußerst unangenehmen Folgen für alle Beteiligten, davon hatte ich damals noch keine Ahnung.

Kindergrillen

Wenn wieder einmal Sommer war, es war sonnig und heiß, und wir liefen unbekümmert in Badehose, sonst nichts, teilweise sogar barfuß, durch die Siedlung, dann konnte es durchaus vorkommen, dass eine fröhliche Kinderschar sich selbst einlud, wenn bei Nachbars gegrillt wurde und es frisch gegrillte Bratwürstchen gab. So geschehen in einem mir nur zu gut bekannten Garten.

Wir waren ungefähr in dem Alter, wo manche mit Stützrädern am Kinderfahrrad, andere noch mit dem Dreirädchen unterwegs waren

Ich erinnere mich an eine alte Fotoaufnahme, wo gut ein halbes Dutzend, sechs oder sieben Kinder, die meisten im Grundschulalter, barfuß und nur in Badehose, auf den Betonstufen der Gartentreppe im Garten meines Elternhauses sitzen, jedes hatte eine Bratwurst im Brötchen in der Hand, und wir strahlten um die Wette. - Ja, klar gab's dazu auch Ketchup. Reichlich. Was denn sonst!

Woher unsere Eltern immer die Mengen an Grillgut und Brötchen hatten, ist mir bis heute ein Rätsel. Die waren irgendwie auf alles und jederzeit vorbereitet.

Apropos Barfuß: Das ging exakt solange gut wie keine Biene im Gras saß und von einem Kinderfuß getroffen wurde. - Die Pointe erkläre ich jetzt aber nicht.

Nachbars Gartenpool

Ein anderer Nachbar, der Vater vom Jan, der vom Modellbauwettbewerb, hatte sich etwas ganz besonderes geleistet. Und wir Kinder durften davon mit profitieren.

In Nachbars Garten stand eines Tages ein großer Swimmingpool. Vorne stand eine Leiter zum Reinsteigen, der Pool war ausgekleidet mit blauer Folie, vier oder fünf Meter im Durchmesser und über einen Meter tief. Das war natürlich die Attraktion für uns.

In den Pool reinsteigen ging nur über die Leiter, von der Seite reinspringen war tabu. Aber wir durften auch die Luftmatratze mit in den Pool nehmen, den aufblasbaren Ball und die Ringe, nach denen wir um die Wette tauchten.

Ehrensache, dass wir dann, waren wir erst einmal im Pool drin, im Wasser blieben, bis die Lippen so blau waren wie die Poolfolie. Dann schnatterten wir um die Wette, stiegen aus dem Wasser, wickelten wir uns in das mehr oder minder flauschige Badehandtuch, das jeder von zu Hause mitgebracht hatte, und versuchten uns wieder aufzuwärmen. Die erste Wahl war aber meist, hundert Meter die Straße hoch zulaufen, bei Mutti zu klingeln, die Badehose aus und trockene Klamotten wieder anzuziehen.

So waren wir wieder für die kommenden Abenteuer gerüstet, von denen es viele gab in unserer Siedlung.

Floßfahren

Es war sicher wieder mal ein Sommertag mit aller-bestem Wetter und Sonnenschein. Wir hatten gerade mal keine Lust auf die bereits bekannten Abenteuer und sannen auf Abwechslung. Woher auch immer, wir hatten dann die Idee, ein Floß zu bauen, und zwar jeder eins.

Material dazu gab's auf den zahlreichen Baustellen. – Wozu lebt man schließlich in einer Neubausiedlung. Wir brauchten ja jeder auch nur eine Schaltafel, ein paar Kanthölzer und Bretter. Hammer und Nägel hatte jeder aus Papa's Werkzeugkasten geliehen. Wir haben ja auch nie etwas gestohlen, nur weggefunden und ausgeliehen - wenn auch auf unbestimmte Zeit.

Unser Material brachten wir durch den Wald und einen Abhang runter zum Fluss, wo wir versuchten, ein Floß zu bauen. Material, Werkzeug und Nägel hatten wir ja genug.

Sagen wir's mal so: Wir hatten eine Mordsgaudi, aber unsere Konstruktionen zeichneten sich nicht sehr durch positive Schwimmeigenschaften aus, durch Kentersicherheit schon mal gar nicht.

Irgendwann gaben wir dann auf, liefen - durchnässt - zurück flussaufwärts und begaben uns in Richtung Heimat, um uns wieder mal trockenzulegen, aufzu wärmen und dann mit trockenen Kleidern nach neuen Taten zu sinnen.

Fischerei im Mühlgraben

Nicht, dass wir zu Hause hätten Hunger leiden müssen, nein, uns hatte nur wieder eine besondere Abenteuerlust gepackt, und wir beschlossen, im Mühlgraben fischen zu gehen

Wir verfügten weder über das Wissen noch über die Ausrüstung zum Angeln oder Fischen. Unser Fanggerät war ein ziemlich einfacher, kleiner Kescher, ein Fangnetz, das an einem Bambusstab befestigt war. Doch unsere Abenteuerlust macht alles wieder wett. Wir waren nicht sonderlich leise am Gewässer. Sicher fühlte sich auf der eine oder andere Edelfisch gestört und suchte das Weite. Und wir stellten uns auch nicht gerade geschickt an. Aber wir konnten hinterher für jeden von uns einen Fisch - wir hatten sie als Forelle und Rotfeder definiert - mit nach Hause nehmen.

Ein kleines Lagerfeuer auf der Wiese war schnell gemacht, das Ausnehmen war auch nicht so schwer, aber beim Zubereiten war dann wieder viel Luft nach oben - vorsichtig ausgedrückt.

Unser Festmahl war auch nicht wirklich ein solches. Aber für Fisch - auf dem Teller - kann ich mich seither immer wieder begeistern.

PS: Und die Sache mit den Gräten kriegen wir mittlerweile auch ganz gut hin.

Stunk aufm Schulhof

Eigentlich war ich ja immer eine Seele von einem Jungen, freundlich, friedliebend und auch sonst ganz in Ordnung. Aber so ab und zu mussten Dinge geklärt werden, am besten sofort.

Ein schiefer Blick, die falsche Bemerkung, ein Missverständnis. „Was willst du?" „Lass mich." „Guck nicht so blöd." „Sag das nicht noch einmal." Erst Geschubse und Gerangel, eine Hand kam geflogen, die Ohrfeige ging nur knapp vorbei, eine Faust in die Seite, ein Tritt vors Schienbein. - Und dann die Schulglocke! Die Pause ist um! - „Feigling. Wo willst du hin?" „ Mach kein Scheiß, die Stunde fängt an." „Feigling." „Hör auf." „Blödmann" – Aber dann mussten wir auch wirklich in den Klassenraum. Dort angekommen, setzte uns die Lehrerin, ohne etwas zu sagen, weit auseinander. Wir würdigten uns sowieso keiner Blickes.

Auch auf dem Heimweg, im Bus und dann auf dem Weg durchs Dorf, wir waren Luft füreinander. Man darf sich einfach nicht alles gefallen lassen.

Später, als ein paar Jungen aus dem Nachbardorf, die auch noch eine Klasse höher waren, was von mir wollten, als ich zu Boden ging auf dem Schulhof, da stand der Junge aus dem Dorf auf einmal an meiner Seite und wir habens den Typen aus dem Nachbardorf so richtig gezeigt. Die haben dumm gekuckt!

Schreiner Hofers Schultaxi

Nach der Grundschule sollten wir aufs städtische Gymnasium gehen, ein paar Mädchen und Jungs aus dem Dorf. Manche fuhren jeden Morgen mit dem Zug, andere mit dem Elterntaxi, wenn Eltern sowieso täglich zur Arbeit in die Stadt fuhren.

Samstags fuhren wir mit dem Schreiner Hofer in die Stadt und mittags auch wieder retour. Der Schreiner fuhr einen Opel Rekord Caravan. Den hatte er hinten komplett ausgeräumt, weil er ihn als Lieferfahrzeug für seine Schreinerei nutzte. Wir saßen also zwischen verschiedenen Hölzern, Brettern, Werkzeugkiste, Säge, Bohr- und Fräsmaschine, irgendwo hinten im Laderaum. Bequem war's nicht immer, aber cool und abenteuerlich.

Besonders spannend war's, wenn wir - bevor's nach Hause ging - am Samstagmittag nach der Schule mit zu Kunden durften, bei denen der Schreiner ein Möbelstück abzuliefern hatte, etwas abholen oder etwas ausmessen musste. Alles dagewesen.

Das war schon das erste Highlight am Wochenende. Wir Kinder mussten dann am Wochendenen nicht mit Bus oder Bahn fahren und waren - Naja! - samstags früher zu Hause mit Schreiner Hofers Schultaxi.

Zu Fuß zum Zug und zur Schule

Normalerweise war ja der Weg zum Gymnasium bzw. in die Stadt durch Elterntaxi und das Schreinerauto abgesichert. War einmal keine dieser Mitfahrmöglichkeiten verfügbar, dann hatte ich mit komplettem Schulzeug von zu Hause etwa anderthalb Kilometer zum Bahnhof zu laufen, mit dem Zug in die Stadt zu fahren und musste dann noch zur Schule kommen.

Ich weiß nicht mehr, ob ich vielleicht zu feige war, einfach eine Karte zu kaufen und in den Stadtbus einzusteigen, jedenfalls bevorzugte ich Schusters Rappen und ging die fünfzehn Minuten zu Fuß zur Schule. Ich war ja auch immer pünktlich.

Mittags ging die ganze Reise dann retour. Und man hatte im Zug eine Menge Zeit zum Leute gucken oder mit einer netten Begleitung ein bisschen Smalltalk halten. Lernen oder Hausaufgaben machen im Zug oder Bus konnte ich nicht, dann doch lieber Leute gucken oder aus dem Fenster schauen. Und den Rest des Weges dann zu Fuß – bei Wind und Wetter.

Die nette Sibylle

Die Kinder aus dem Dorf sprachen alle Platt; nur einer nicht, und der war ich.

Da aber einzig mein Vater aus dem Dorf stammte und Platt sprach, sprachen meine Eltern in stiller Übereinkunft untereinander und auch mit ihren Kindern hochdeutsch. Dadurch konnten wir nicht - wie andere Kinder - von unseren Eltern das Dorfplatt lernen. – Aber bitte: Das ist hier kein Vorwurf.

Was also tun? - Ich versuchte hier und da etwas aufzuschnappen und die heimatliche Sprache doch irgendwie zu lernen. Und ich versuchte, das Aufgeschnappte dann bei der nächstbesten Möglichkeit meiner Umwelt zu präsentieren.

Doch ebenso, wie sich die gesprochene Muttersprache, engl.: mother tongue oder native language, von jeder Schulsprache unterscheiden wird, so konnte man hören, wie gut mein Dorfplatt war. Oder auch nicht. - Aber ich wollte doch dazugehören.

Nur Sibylle, eine Klassenkameradin, die ihrerseits besser platt als hochdeutsch sprach, hatte dafür kein Verständnis. Sie wies mich zurecht: *„Wanndes net kannst, da hals Maul."* Hochdeutsch etwa: *„Wenn du es nicht kannst, dann lass es bitte sein."*

Unsere Freundschaft wurde dadurch nicht besser.

Dickwurz und Halloween

Wenn im Herbst neben vielen anderen Feldfrüchten auch die Futterrüben reif wurden, holten wir Kinder uns gerne eine Dickwurz, wie die Rüben ja auch genannt wurden, vom Feld. Es waren schließlich genug da. Und wir Kinder waren wieder einmal schneller als der Bauer.

Wir schnitten das Kraut der Rübe ab, steckten das große Ding - so groß und auch so schwer wie drei oder vier Milchtüten - in eine mitgebrachte Plastiktasche und schleppten unsere Beute alsdann in den Wald oder in eines unserer Verstecke, wo wir begannen, die große Rübe auszuhöhlen. Von übertriebener Sauberkeit hielten wir schon damals nicht sehr viel, und so ließen wir uns die Stücke, die wir aus der Dickwurz herausschnitten, schmecken.

Reichte die Aushöhlung für eine Kerze, wurde in die Rübe noch ein Gesicht geschnitzt, und fertig war die Laterne. – Bei Nachbarfamilien mit kleinen Kindern sorgte es mitunter für richtig Stimmung, wenn unsere Laternen in der Dämmerung plötzlich im Garten aufleuchteten.

Apropos Laterne: Vor langer Zeit lebte in Irland ein Hufschmied namens Jack O`Lantern (Jack mit der Laterne), der berüchtigt war für seine Trinkfreude und seinen Geiz. Der bekam an einem 31. Oktober Besuch. Es war der Teufel, der ihn holen wollte.

Doch Jack war anderer Meinung und lud den Teufel auf ein Glas ein. Da er aber keine Münze zur Hand hatte, verwandelt sich der Teufel, der offenbar Durst hatte, kurzerhand in eine Münze. Jack legte die Münze aber nicht auf die Theke, um den Drink zu zahlen, sondern steckte sie in seine Geldbörse, in der auch ein kleines Kreuz steckte. Somit war der Teufel gefangen, und Jack verhandelte mit dem Teufel und erreichte einen Aufschub von mehreren Jahren, nach dessen Ablauf der Teufel aber wieder auf der Matte stand. Nun wollte er Jack O`Lantern aber holen.

Jack äußerte als letzten Wunsch, der Teufel möge ihm einen Apfel vom Baum holen, was der Teufel dann auch gerne tun wollte. Doch Jack schnitzte ein Kreuz in die Leiter, und damit war der Teufel wieder gefangen, diesmal auf einem Baum. Jack konnte wieder verhandeln und erreichte, dass der Teufel ihn auf ewig in Ruhe lassen sollte.

Jahre später, als Jack verstarb, stand er dann vor dem Himmelstor und wurde dort abgewiesen, weil der Liebe Gott gehört hatte, dass Jack zeitlebens kein wirklich guter Mensch war und außerdem sogar den Teufel übers Ohr gehauen hatte. Somit bat Jack denselben um Einlass in der Hölle. Doch auch hier blieb die Tür zu, da der Teufel ja sein Wort gegeben hatte. Doch etwas Mitleid hatte der Teufel schon und schenkte Jack eine Rübe als Wegzehrung und eine Kohle aus dem Feuer, die ihm den Weg leuchten und ein wenig Wärme spenden sollte. Seither irrt Jack O`Lantern als ein einsamer Wanderer (nicht nur) am 31. Oktober ruhelos durch die Nacht und sucht seinen Frieden.

Jahrhunderte später wanderten viele von Jack's Landsleuten aus nach Amerika und feierten dort, wie sie's aus der Heimat kannten, All Hallows Eve.

Das wurde dann später zu Halloween– deutsch: Allerheiligen Abend.

Jack O`Lantern's Landsleute fanden in ihrer neuen Heimat Amerika viele Kürbisse vor, die sich wesentlich besser aushöhlen und in die sich auch leichter Fratzen und Gesichter schnitzen lassen. Deshalb wurde sehr bald - an Halloween - die Rübe durch den Kürbis ersetzt

Die Futterrübe, Runkelrübe oder Dickwurz wird hierzulande als Viehfutter angebaut, kann aber auch für den einen oder anderen Zweck als Hausmittel dienen.

Milch vom Bauernhof

Einmal in der Woche gingen der Tom von nebenan, aus dem Nachbarhaus, und ich ins Dorf, um Milch zu holen. Die Milch bekamen wir bei dem Großbauern oben auf dem Hügel, der über dem Dorf thronte.

Dort wurden wir auch meist schon erwartet, und wir gingen dann schnurstracks in den Melkraum. Dort, zwischen all den Aggregaten und Schläuchen der Merkanlage, gab's wieder viel zu sehen. Aber wir mussten ja Milch holen. Dazu reichten wir der Bäuerin, die wie immer eine ein Kopftuch, eine Kittelschürze und Gummistiefel trug, die beiden Milchkannen aus Stahl, die wir mitgebracht hatten und sahen zu, wie die Milch in die Kannen floss, weiß und sämig, mit ein bisschen Schaum. Manchmal war die Milch auch noch warm vom Euter der Kuh, aus dem sie ja stammte. Und wir bekamen natürlich ein Glas voll zum Probieren. Wir mussten ja schließlich wissen, welche Milch wir mit nach Hause brachten.

Übrigens, für zwei Fast-, also Noch-nicht-ganz-teen-ager ist eine Milchkanne aus Stahl, die auch noch zwei Liter Milch enthält, und die man einen Kilometer zu schleppen hat, schon eine Aufgabe. Also trug jeder seine Milchkanne ein Stück weit in der einen Hand, dann ein Stück weit in der anderen Hand, solange, bis wir zu Hause ankamen. Die Milch hat zuhause dann auch umso besser geschmeckt.

Bei Rupp's auf'm Hof

Nahversorger und Selbstvermarkter gab's damals natürlich auch schon. Nur waren das dann Verwandte mit einem großen Garten oder Bauernhof, und nicht selten auch mit beidem.

Meine Eltern haben mich oft mitgenommen zur Rupp's Tante, väterlicherseits weitläufige Verwandtschaft, die mit ihrem Mann noch einen kleinen Hof im Nachbardorf bewirtschaftete.

Der Hof war ein Dreiseithof, das heißt, das Anwesen bestand aus drei Gebäuden. Auf der linken Seite stand ein Stallgebäude, unten aus Backsteinen gemauert, obendrauf Fachwerk mit einem Satteldach. Gegenüber der Straße eine Scheune aus Fachwerk, da stand der Bulldog mit dem Anhänger drin. Und links stand das kleine Wohnhaus, der Keller aus Backstein gemauert, darüber wieder Fachwerk.

Um ins Haus zu kommen, ging's erst eine Treppe hoch, und wenn man dann hereinkam, roch es immer etwas süßlich, wie ich es in anderen Fachwerkhäusern später immer mal wiederfand. Ich habe aber nie wirklich herausgefunden, warum. Vielleicht des Fachwerkes und der Feuchtigkeit wegen.

In diesem Bauernhaus habe ich mich als Kind immer wohlgefühlt; wohl auch, weil die Tante und der Onkel gut geheizt hatten, und zwar mit Holz, dass meterweise zwischen den Gebäuden gestapelt war.

Wenn wir auf den Hof kamen, erwartete die Rupp's Tante, eigentlich Tante Lisbeth, uns schon. Sie trug wie immer eine schwarze Tracht und hatte ihr Haar zu einem Schnatz, einem Haarknoten geflochten und aufgesteckt. Ich habe sie nie in anderer Kleidung gesehen. Und sie hatte ganz knorrige Hände mit einer sehr rauen Haut von der harten Arbeit auf dem Hof.

Wir bekamen dann körbeweise Gemüse mitgegeben, das hinter dem Haus in einem großen Gemüsegarten von Tante Lisbet und Onkel Rupert angebaut wurde. Der kam übrigens dann angefahren mit dem Trecker, hintendran ein Anhänger, der wie der Trecker auch schon ziemlich alt und gebraucht aussah. Für mich kleinen Jungen war der Bulldog richtig groß, hatte einen Riesenschornstein auf der Motorhaube und macht einen Riesenlärm.

Der Onkel Rupert fuhr den Trecker mit Anhänger in die Scheune, stellte ihn ab, und kam zu uns, um uns zu begrüßen. Einen Zigarrenstummel hatte er in der Hand, an dem er immer wieder zog und rauchte.

Er trug Gummistiefel, eine graue Arbeitshose und ein graues Hemd, das halb offen stand. Sicher war er früher etwas kräftiger gebaut gewesen. Er lachte übers ganze Gesicht, hatte eine Stimme, mit der man sich noch zwei Häuser weiter unterhalten konnte , und er hatte eine braungebrannte Glatze. Aber wenn man als Bauer mit über siebzig noch so aussieht, dann konnte das kein schlechtes Leben gewesen sein.

Das Bäckerauto

Einmal in der Woche kam das Bäckerauto in unsere Siedlung gefahren. Der Bäcker kam zwar nicht selbst, er hatte einen Fahrer angestellt, der die ganze Woche unterwegs war und jeden Tag, eine andere Ortschaft beglückte mit frischen Backwaren.

Der Fahrer war bekannt für seine Sprüche, und das Bäckerauto war jede Woche gern gesehen bei uns - und nicht nur wegen der Sprüche vom Fahrer. Auch wir Kinder sahen das Bäckerauto gerne kommen, weil manchmal was zu naschen für uns abfiel.

Der Bäcker hatte natürlich frische Brötchen dabei, sowie lange und runde Brotlaibe, und Kuchen hatte er auch, Streuselkuchen, Bienenstich und je nach Saison gedeckten Apfel- oder Pflaumenkuchen. Wenn da nix dabei ist. - Und wenn ich wiedermal die ehrenvolle Aufgabe hatte, beim Bäckerauto einzukaufen, dann hatte ich's ja sowieso in der Hand … mal abgesehen von Muttis Einkaufszettel.

Meist kauften wir einen nicht allzu großen Ein- oder Zweipfünder, weil wir am liebsten frisches Brot aßen. War das Brot aufgegessen, wurde am nächsten oder übernächsten Tag in der Bäckerei ein Neues geholt.

Lag das Brot aber erstmal auf dem Küchentisch, fehlte in der Regel ziemlich bald das Kniestchen, das erste Stück, und es kam nicht selten vor, dass ich der erste war, der selbiges beanspruchen konnte.

Blasmusik am Feiertag

An christlichen Feiertagen nach Ostern erklang im Dorf an verschiedenen Stellen frühmorgens feierliche Blasmusik. Etwa ein Dutzend Damen und Herren vom Posaunenchor kamen am Feiertagsmorgen zu verschiedenen Stellen im Dorf. Dort stellten sie sich auf und spielten einige Lieder, die zu dem jeweiligen Feiertag passten. Dann spielten sie zum Beispiel:

Geh aus mein Herz und suche Freud / in dieser lieben Sommerzeit / an deines Gottes Gaben. / Schau an der schönen Gärten Zier / und siehe, wie sie mir und dir / |:sich ausgeschmücket haben.:|

Oder sie spielten ‚*Ich bete an die Macht der Liebe, / die sich in Jesu offenbart…*' oder lauter so Sachen.

Sie spielten immer nur wenige Lieder, die aber sehr schön und feierlich, und dann zogen sie weiter zum nächsten Standort, wo sie dann wieder aufspielten. Sie waren dann immer rechtzeitig fertig, um noch pünktlich in der Kirche zu erscheinen, denn am Feiertag war meist in unserer evangelischen Dorfkirche Gottesdienst.

Und ich als Kind konnte mich nicht satt sehen an den goldgelb und silbern glänzenden Trompeten, Flügel- und Jagdhörnern, Bariton und Posaunen , aus denen die Leute von Posaunenchor scheinbar ohne jede Anstrengung so tolle Musik rausholten. - Und laut genug wars ja auch.

Maifeiertag

Jedes Jahr am dreißigsten April pilgerte das ganze Dorf abends, so gegen neunzehn Uhr, Richtung Dorfgemeinschaftshaus und Festplatz, wo die Burschenschaft des Dorfes den Maibaum aufstellte. Das war immer verbunden mit Maisingen, Würstchenbraten und - nennen wir's so - feierlichem Beisammensein.

Mit geballter Manneskraft, langen Holzstangen und lautstarker Unterstützung durch die Zuschauer wurde der Maibaum solange in die Höhe geschoben, bis das untere Ende in die vorbereitete Befestigung reinrutschte, und dann festgekeilt. Stand der Baum, sangen alle aus dem Dorf gemeinsam und a capella ‚Der Mai ist gekommen', alle drei Verse, und hinterher floss der Gerstensaft fassweise, alle redeten durcheinander, es wurde gesungen, geschunkelt und gelacht ... und manchmal auch geliebt.

Wenn spät in der Nacht dann Ruhe eingekehrt war, mussten die Burschen den Baum bewachen, weil es üblich war, dass aus den benachbarte Dörfern kleine, marodierende Trupps losgeschickt wurden, die erst auf eine günstige Gelegenheit warteten und dann, wenn die Luft rein war, kurz vorfuhren, die Motorsäge anschmissen, und – zack – dann lag der Maibaum auch schon um, kaum dass er an seinem Platz gestanden hatte. - Und die Jungs verstanden ihr Handwerk. - Beide Seiten übrigens.

Irgendwann wurden Maibäume dann mit Drähten umwickelt oder mit Blechleisten verstärkt, um zu verhindern, dass die Kettensäge ihr Werk tun könne – mit wechselndem Erfolg.

Wenn dann der erste Mai im Wortsinne als Wandertag begangen wurde, wurden in dem einem Jahr die Wanderer vom Baum schon von weitem gegrüßt, im andere Jahr wunderte man sich über den kahlen Festplatz. „Der Boome leit im." – Der Baum liegt um. Wiedermal.

Trotzdem und gerade deshalb traf sich das Dorf zum Wandern durch die im Frühjahr wieder erwachte Natur und kehrte hinterher ein am Aussichtsturm, an Schutz- oder Grillhütte oder im privaten Garten. Der Heimweg zog sich dann mitunter etwas, je nachdem, wie oft und wie gern man eingekehrt war.

Am Vorabend des ersten Mai gingen die Burschen von der Burschenschaft sammeln, klingelten an allen Türen und baten um eine kleine Spende für das Grillen und Eierbacken der Burschenschaft am ersten Mai. Bekamen sie etwas, wars gut und sie zogen ab. Bekamen sie nichts, oder es war zu wenig, dann konnte es vorkommen, dass am darauffolgenden Morgen, am Morgen des ersten Mai das Gartentürchen fehlte. Dieses fand sich dann wieder ein paar Häuser weiter oder gleich irgendwo im Straßengraben. Aber keiner hat's gesehen, keiner war's gewesen.

Trauerzug und Streuselkuchen

Irgendwann war mal wieder einer von den Alten gestorben, die täglich mit Spazierstock bewaffnet, ihre Wege durchs Dorf und die Umgebung machten. Und die Eltern waren der Meinung, wir müssten mitgehen zur Beerdigung, weil wegen Verwandtschaft und so. - Was ich da sollte, erschloss sich mir nicht, aber man muss sich halt manchmal fügen.

Also erschienen wir pünktlich zur Trauerfeier zunächst in der Dorfkirche. Dort wurden traurige Lieder gesungen, der Pfarrer predigte ganz ernst und erzählte über den Verstorbenen, las aus der Bibel und hatte auch sonst noch was zu sagen, unter anderem das es hinterher Kaffee gibt ,in Wirts' - aha, das ist das Gasthaus am Lindenbaum.

Im Dorf kannte man sich besser mit Dorfnamen. Und wenn man sich einigen sprachlichen Gepflogenheiten anpasste, kam das noch besser an. – Solange man keine Klassenkameradin namens Sibylle hat.

In der Kirche sang der Männergesangverein dem Sangesbruder noch dessen Lieblingslied hinterher, der Organist spielte dem Anlass entsprechend, und irgendwann war die Kirche dann aus, wir folgten dem Sarg dann per Pedes den Berg hoch zum Friedhof – wie ein langer Lindwurm.

Das hat gedauert, bis die letzten am Grab waren.

Am Grab sang denn der Pfarrer: ‚Begrabt den Leib in seine Gruft', die Männer nahmen die Hüte ab, die Frauen heulten, und ich hab nur n' ganz bisschen mitgeheult. Naja, eigentlich nicht der Rede wert, nur aus Solidarität. - Schräg gegenüber stand ein Mädchen aus der Parallelklasse, die grinste rüber zu mir; ich hab dann ein bisschen schief zurückgegrinst. Derweil ließen die sechs Männer, die ums Grab rum standen, den Sarg an dicken Seilen nach unten, der Pfarrer sagte dann noch was, betete ein Vaterunser, und dann gingen alle zum Grab, um hinterher den Erben zu kondolieren. Oder so.

Als wir vom Kirchhof .- so hieß der Friedhof unseres Dorfes auch - dann verließen, um zu Fuß zum Wirtshaus zu pilgern, begrüßten sich die Erwachsenen, als hätten sie sich ganz lange nicht mehr gesehen, was ja vielleicht auch so war. *„Was waren das noch Zeiten."* *„ Wann haben wir uns zuletzt gesehen?" „Weißt du, wie lang das her ist?" „Kennst du die/den noch?" „Gibt's denn diese oder jene noch oder sind die auch schon …?" „Hier hat sich ja so viel verändert." „Was waren das Zeiten."*

Im Festsaal vom Gasthaus am Lindenbaum waren lange Tischreihen gestellt, darauf standen außer Kuchenservice auch Teller mit Kuchen und Gebäck. Jeder vierte oder fünfte Teller war voller belegter Brote, mit Käse und Aufschnitt. – Na, das könnte ja doch noch was werden.

Die Beerdigungsgesellschaft trudelte so langsam ein, man stärkte sich bei Brot mit Aufschnitt, mit Streuselkuchen und Bienenstich, trank Kaffee, und mit jedem Bissen, mit jeder Tasse schwand die bei der Beisetzung zuvor gepflegte Traurigkeit

Manche erzählten noch vom Verstorbenen, andere von vergangenen Zeiten und irgendwie redeten alle auch von sich selbst. Und wenn dann Leute gehen wollten, dann bekamen sie noch eine Tüte voll mit Beerdigungskuchen in die Hand gedrückt.

Irgendwie schien mir der Streuselkuchen bei der Beerdigung fast so etwas zu sein wie die Sahnetorte beim Geburtstag. – „Man sieht sich ja nur noch bei Beerdigungen", wie oft habe ich das bei solchen Anlässen gehört. Aber ob ich daraus was gelernt habe? ... Doch lassen wir das.

Als sich die Reihen etwas lichteten, bestellten die Männer denn einer nach dem anderen beim Wirt des Gasthauses ein Bier und wenig später auch einen ,Kurzen'. Und nach ganz kurzer Zeit sah die Tafel gar nicht mehr so traurig wie bei 'ner Beerdigung aus, sondern eher nach – sagen wir mal – einer großen Familienfeier, was ja auch irgendwie so hinkam.

Tanzkurs

Mal was ganz anderes. Wenn es auch deutlich nach der Kindheit und auch nach der Konfirmation kam; wenn man ungefähr sechzehn Jahre alt war, nach der Haupt- oder Realschulreife, meldete man sich zum Tanzkurs an.

Nicht, das ich unmusikalisch gewesen wäre; es war früher nicht beim Klavierunterricht geblieben und ich war mittlerweile so etwas wie Kirchenmusiker. Drei- und vierviertel Takte waren mir nicht fremd. Und da ich des Öfteren an Orgeln saß, war ich der Meinung, ich könnte zum Anzug Lederschuhe mit einer glatter Sohle tragen.

Die Sache, dass im Schuhgeschäft auf der anderen Regalseite so anders aussehende Modelle standen, hatte ich bisher nur mit Mutti und Oma in Verbindung gebracht. Jetzt standen uns die Mädels – ja, wir kannten uns auch schon aus der Schule – plötzlich gegenüber, und wir hielten uns manchmal auch noch im Arm, wenn auch ein bisschen hölzern.

Tanzen machte alles anders, die Mutigen waren's auf einmal gar nicht mehr, die Sportasse und die Einser-schreiber konnten nichts mit Takt anfangen und so weiter. Alles war anders. Wir lernten tanzen, hatten Spaß, die einen mehr, die andern weniger. Danach gingen dann alle ihre Wege.

Der Tante Emma Laden

Hin und wieder mussten wir Kinder einfach selber einkaufen. Nicht das wir bei Muttern nicht satt zu essen bekommen hätten. Bei Mutti wurde gegessen, was auf den Tisch kam. War einfach so.

Aber in Sachen Süßkram bestand hin und wieder besonderer Bedarf und dann mussten wir die Sache einfach selber in die Hand nehmen.

Ich fand, Mutti's braune Reistasche aus Kunstleder sei brauchbar, sammelte alle Pfandflaschen, die ich bekommen konnte und machte dabei auch nicht vor den Baustellen in unserer Siedlung halt, wo ich nach leeren Bierflaschen Ausschau hielt. Wenn ich dann genug Flaschen zusammen hatte, legte ich alle in die große Reisetasche, schleppte meine Beute ins Dorf zu dem kleinen Tante-Emma-Laden, der im Seitentrakt von der Kneipe am Wald untergebracht war und stellte die ganze Batterie Flaschen der alten Frau, der der Laden gehörte, dort auf den Tisch. Die zählte dann die Pfandflaschen, tippte ein bisschen auf ihrer Rechenmaschine herum und reichte mir dann einen Geldbetrag, den sie soeben ausgerechnet hatte.

Den Geldbetrag lies ich dann gleich wieder im Laden und nahm dafür allerlei Leckereien mit, die mir irgendwie wohlschmeckend aussahen. Der Tagesbedarf war damit wieder einmal gedeckt.

Yps

Nicht alle Tage war eitel Sonnenschein, nicht jeder Tag für Außeneinsätze oder für Wald- und Wiesenabenteuer geeignet. Wir waren ganz nebenbei ja auch noch Schulkinder und geradezu überfüttert mit mehr oder minder nützlichen Informationen, die irgendwie verarbeitet werden mussten.

Zur Ablenkung und Entspannung sehr willkommen waren dann Comic-Hefte von der Micky Maus mit Donald, Goofy und Konsorten, vom Silberpfeil, dem Indianerhäuptling und seiner hübschen Schwester, die aber keinesfalls mithalten konnte mit Nschotschi, der Schwester vom Winnetou. Ja, und die Winntetou- und Old Schatterhandgeschichten aus den Büchern vom Karl May kannten wir natürlich auch.

Ganz wichtig zu erwähnen auch die Episoden von für die abendländische Geschichte und Kultur wichtigen Figuren wie dem gallischen Freiheits- und Widerstandskämpfer Asterix sowie dem reisenden Cowboy Lucky Luke, überdies noch Clever & Smart, allesamt höchst geistvoller Literatur zuzurechnen mit vielen Bildern und wenig Text, draus folgend sattsam Interpretationsspielraum.

Geradezu wissenschaftlichen Anspruch versprachen die Yps-Hefte mit ihren Bildergeschichten, ferner mit Sachtexten zu den Gimmicks, kleinen Bausätzen für Abenteuerfiguren oder Gebrauchsgegenstände.

Da hab es den kleinen Drachen aus bunt bedruckter Pappe, der mit einem kleinen Plastikgestell und ein paar Schnüren als Marionette zum Leben zu erwecken war, was dann auch bei allen übrigen Hausbewohnern zu großer Erheiterung führte.

Oder die kleine Plastikbox, in die man ein gekochtes Hühnerei hineingeben konnte, dann stellte man die Box mit Ei für eine Stunde in den Kühlschrank und das Ei, das nicht zum Bausatz dazu gehörte, sondern aus Mutters Haushaltsvorräten stammte, war nicht mehr oval, sondern würfelförmig. Sorgte am Frühstückstisch oder auch sonst durchaus für Aufsehen.

Nach solchen Ausflügen in vorzeitliche Tierwelten oder neuzeitliche Lebensmitteltechnologie ließ sich doch gleich wieder viel besser lernen.

Und die Strategien von Lucky Luke gegen seine Erzgegner, die Daltons, waren Inspiration für folgende Abendteuer im Wald. Von Obelixens' Wildschweinjagd gar nicht zu reden.

Das große Einkochen

Wenn im Hoch- und Spätsommer viele Früchte und auch das Gemüse im Garten reif wurden, dann war Erntezeit – nicht nur in der Landwirtschaft, sondern auch im Garten. Und hinterher mussten die ganzen Erzeugnisse aus dem Garten dann haltbar-gemacht werden. Selber einkochen, einwecken, einfrieren, sonstwie haltbar machen oder verarbeiten, war (und ist) günstiger als Lebensmittel einkaufen. Das Credo der Leute damals.

Und so wurden eimerweise, ganze Wäschekörbe voll Früchte geerntet wie Äpfel und Birnen, Kirschen, Zwetschgen, Pflaumen und andere. Und wenn man diesen nicht im eigenen Garten hatte, dann wusste irgendjemand, wo es welche gab, im Wald, an den Feldwegen oder bei anderen Leuten im Garten, die schon genug hatten.

Wir Kinder „durften" dann das Steinobst entkernen, die Erwachsenen schälten die Früchte, soweit erforderlich, und Oma und Mutti kochten dann Früchte ein oder machten aus dem Obst Marmelade, Mus oder Gelee. Gemüse wurde eingefroren. Oder die Oma machte goldenes Glasgemüse, Zucchini eingekocht wie saure Gurken, nur in Gelb.

Die Zeiten mit Holzfeuer zum Kochen und Heizen waren noch allgegenwärtig und so waren alle froh um jedes Elektrogerät, das die Arbeit erleichterte.

Die Erdbeeren waren zu der Jahreszeit dann schon durch, aber wo Blaubeeren, Himbeeren und Brombeeren im Wald standen, das wussten wir natürlich nur zu gut und wurden dann auch immer mal wieder ausgesandt, Obst zu ernten und der Mutti zu bringen. Die Beeren schmeckten aber allzu gut, verdunsteten daher auch relativ schnell unterwegs , und so kam relativ wenig bei Muttern in der Küche an.

Wir Kinder durften damals meist nur Botengänge verrichten, es hieß immer *„Messer, Gabel, Schere, Licht / sind für kleine Kinder nicht."* – Aber wir durften hinterher als erste probieren, wenn die Marmelade fertig war.

Und die Männer waren, derweil die Frauens in der Küche mit Einkochen beschäftigt waren, ihrerseits beschäftigt mit Autowaschen, Zaun streichen, zahlreichen Reparaturen, die halt so anfielen oder mit Gartenarbeit. Und Mutti und Oma haben sich ganz doll gefreut über jeden Eimer mit frischen Obst.

Aber mal ganz ehrlich; so 'n ge..es Zeug, wie Oma und Mutti da immer wieder aus ein bisschen selbst geerntetem Obst zauberten, kannste nicht kaufen.

Dorfkneipe

Ob eine Familie steinreich war, und wie groß ihr Reichtum war, konnte man daran erkennen, wie viele Geschosse des Hauses aus Stein gebaut waren. Bei den Kneipenwirten unseres Dorfes hatte es immerhin fürs Untergeschoß ihres jeweiligen Anwesens ausgereicht.

Wollte man besagte gastronomische Einrichtung aufsuchen, hatte man zunächst eine Steintreppe zu erklimmen, erreichte durch die Eingangstür einen Flur und folge dann dem Lärmpegel zum Gastraum. Dort stand auf der einen Seite die Theke, auf der anderen Seite und auch weiter hinten im Gastraum Tische, die meist gut besetzt waren.

Der Wirt stand hinter seiner Theke, zapfte, schenkte immer neue Getränke ein, servierte das Bestellte an die Tische seiner Gäste, nahm neue Bestellungen entgegen oder kassierte ab. – Damals kostete das Bier im 0,2l Glas knapp 'ne Mark, die Cola auch. - Mit geistlichen Getränken, mit Schnaps und so, kannte ich mich damals noch nicht so gut aus. Aber den gab es natürlich in einer Dorfkneipe ebenso.

Manche Männer kamen im Blaumann oder trugen noch Grünzeug von der Arbeit im Wald, wieder andere kamen im kleine Bieranzug in Hemd und Jeans.

An der Theke saßen meist die üblichen Verdächtigen, einen frischen Schoppen Bier vor sich stehend, den Aschenbecher, die Kippenschachtel mit Feuerzeug daneben, der Eine mit Zigarette im Mundwinkel mit Händen und Füßen gestikulierend, andere mit verschränkten Armen still vor sich hin sinnierend.

An den Tischen saßen Gäste, die sich ihr Schnitzel schmecken ließen, welches zuvor von der Frau des Kneipenwirtes in der Küche zubereitet worden war. Dazu gehörte dann auch, dass - in der Kneipe deutlich vernehmbar - die Schnitzel nebenan in der Küche tüchtig geklopft wurden. Die Schnitzel wurden dann mit Ei und Semmelbrösel paniert, mit Schmalz und Zwiebeln gebraten und dann mit Senf und 'ner Scheibe Brot serviert. Oder als Jägerschnitzel mit 'ner kräftigen Soße. – Na, Appetit bekommen?

Vorne in der Kneipe, an ausgesuchter Stelle, stand der Stammtisch, an dem jeden Abend sich eine andere Truppe traf, um mehr oder minder lautstark über Politik, übers Dorfgeschehen, über's Wetter und über alles Mögliche zu diskutieren. Intensiv, hart an der Sache und immer bemüht um die Lufthoheit.

Aber sonst hätte ja auch was gefehlt. 😄

Die Häuser stehen noch, aber die Kneipen von damals gibt's nicht mehr. In den meisten Restaurants und Dorfgasthäusern werden die Schnitzel auch ein klein wenig anders zubereitet. Und dann erst ...bestellen Sie heute mal ein Glas Bier ...

Singstunden und Stammtische

Wenn in unserer Verwandtschaft Familienfeiern anstanden, wollten die Termine gut geplant sein.

Der Dienstag war tabu, dann musste der Opa in die
Singstunde. Wenn der Männergesangverein sich traf
zu seinem allwöchentlichen gemeinsamen Singen
und Üben, dann musste Großvater einfach da sein.

Man konnte sich weder Unpünktlichkeit noch unent-
schuldigtes Fernbleiben leisten, wollte auch nicht
Thema sein bei anderer Leute Geschwätz, und die
gemeinsamen Gesangseinsätze müssen je nach
Schwierigkeit des Liedgutes natürlich (kein Flachs)
intensiv geprobt sein. – Die nachfolgende Pflege des
Stimmmaterials durch Hopfenblättertee und andere,
den Hals entspannende Trinkkuren bleiben privat.

Auch der Freitag war unantastbar, da war dann
Stammtisch - wenn nicht sogar Opa's wöchentliche
Skatrunde - angesagt. Ein weiterer Termin für einen
Stammtisch hatte der Opa dann am Sonntag vor-
mittags, wenn der Rest der Familie sich zum Kirch-
gang aufmachte.

Auf diese Weise verteilten sich Anwesenheit und
Konsum in gerechter Weise auf alle Dorfkneipen, die
Wirte konnten gut leben und alle Familien waren
durch die - vorwiegend männlichen Kneipengäste - in
der Dorfgemeinschaft bestens repräsentiert und ver-
netzt.

Aufm Spielplatz im Dorf

In unserem Dorf war hinten im Ort, etwas versteckt, ein Kinderspielplatz, dem wir dann und wann einen Besuch abstatteten. Da gab es die Schaukel, mit der wir so hoch schaukeln konnten, bis die Seile oder Ketten, an denen wir mit der Sitzfläche hingen, waagerecht waren – oder auch ein bisschen höher.

Dann gab es da die obligatorische Rutsche. Aber wer geht schon auf 'ne Rutsche? Da steigste zehn Stufen hoch, setzt dich in die Blechrinne rein, 'tschuldigung, in die Rutsche und landest dann unten bestenfalls im Sand. Oder im Dreck.

Daneben stand ein Drehkreisel, die es heute ja auch noch gibt, nur etwas einfacherer Bauart. In der Mitte eine feststehende Scheibe zum Drehen, außen eine Sitzbank und eine Rückenlehne, die einmal rundrum ging, damit auch nur keiner aus dem Kreisel rausfällt. Es ist zum Glück nie etwas passiert, aber wenn wir mal wieder richtig schnell gedreht und gekreiselt hatten, dann abbremsten, anhielten und aus dem Kreisel ausstiegen, hatten wir ganz schön einen Drehwurm und leichte Gleichgewichtsstörungen.

Außerdem stand auf dem Spielplatz eine Wippe, wo sich hüben und drüben ein Kind draufsetzte und wir dann abwechselnd auf und ab schaukelten. - Konnte man mal machen, brauchste aber nicht unbedingt.

Und dann stand da noch das Klettergerüst aus runden Stahlrohren die auch ganz bunt angemalt waren. Die Rohre waren so drei oder vier Zentimeter im Durchmesser, ungefähr sechzig oder siebzig Zentimeter lang und zu einem würfelartigen Rahmen zusammengeschweißt.

Das Klettergerüst bestand aus zwei Türmen, die jeweils vier oder fünf dieser Würfel hoch und zwei breit waren. Verbunden waren die Türme oben durch zwei lange Querstangen. Unter diesen Stangen standen in der Mitte noch zwei senkrechte Stangen zum Runterrutschen und rechts und links jeweils zwei schräge Stangen zum Runterrutschen oder hochhangeln. Den Rest überlasse ich der Phantasie der Leserschaft.

Wir kletterten gerne mal um die Wette, ohne Gurte, ohne Netz und doppelten Boden. Es stürzte nie einer ab und wir kamen immer wieder hei nach Hause, wenn auch manchmal etwas abgekämpft.

Obst und Bauchweh

Wenn im Hochsommer die ersten Obstsorten reif wurden, dnan gab's für uns Kinder, wenn wir denn wieder mal durch den Wald, über Flur und Felder zogen, die eine oder andere Zwischenmahlzeit.

Manche Bäume hingen dann so voller Obst, dass sich die Äste und Zweige unter der Last der Früchte soweit nach unten bogen, dass auch wir Kinder ohne besondere Anstrengung drankamen und uns die Bäuche vollschlagen konnten.

Am Flussufer standen Bäume vom Klarapfel, deren Äpfel hellgrün leuchteten, am Feldweg standen Boskop und Renette, Äpfel, die grün bis rötlich lockten, Zwetschgen und Pflaumen meist rot bis bläulich, die Kirschen grüßten in dunkelrot.

Da heißt es, beizeiten zur Stelle sein, nicht das andere Zweibeiner oder die allgegenwärtigen Vögel, Meisen, Stare und andere, uns zuvorkamen.

Wo die Obstbäume standen, wem sie gehörten, das war Nebensache, das süße Obst gehörte uns, wenn wir nur drankamen. – Meist ging's ja auch gut aus!

Und Mutti wunderte sich sicher oftmals, warum der Junge keinen Hunger mit nach Hause brachte.

Nur manchmal ... wenn wir zu viel Obst, das vielleicht auch noch nicht ganz reif war, gegessen und dazu Wasser oder Limo getrunken hatten, dann gab es Bauchweh, und daheim war Kamillentee angesagt.

Großbaustelle im Neubaugebiet

Und wie es sich für ein Neubaugebiet gehört, wurden hin und wieder auch in unserer Siedlung neue Häuser gebaut. Dann wurde eine Baustelle eingerichtet, ein Bagger hob eine Baugrube aus, Arbeiter bauten mehrere Fundamente in den Boden ein, gossen eine Bodenplatte, und dann kam ein großer Lastzug und brachte die Steine, aus denen die Wände des neuen Hauses gemauert werden sollten. Die setzte der Fahrer des Lastzuges dann mit seinem großen Kran, den er auf dem LKW hatte, mitten auf die Boden-platte, wo sie später auch verarbeitet werden sollten. Bei der einen Baustelle erschienen an den folgenden Wochentagen die Mitarbeiter einer Baufirma, bei anderen Baustellen erschien am Freitag nachmittags und am Samstag eine bunt zusammengewürfelte Mannschaft aus Freunden und Bekannten des Bau-herren, die dann gemeinsam das Haus bauten.

Einige von den Arbeitern mauerten zuerst die Ecken des Hauses hoch, andere mauerten die Außenwände dazwischen, wieder andere brachten Steine oder bauten Gerüste. Und ein oder zwei machten ständig neuen Speiß und Beton. Achja, und einer stand auf dem Baukran, das war ein besonders cooler Typ. Der steuerte den Kran mit zwei kleinen Hebeln, und der Kran hob dann seine Last dahin, wo die Steine, der Mörtel oder was auch immer, gebraucht wurde.

Zum Frühstück wurden die Arbeiter dann von dem Bauherrn und seiner Familie mit Essen und Trinken versorgt, und dann erzählten die Männer ein paar Geschichten vom Bau, bevor sie, wenn die Pause beendet war, wieder weiterarbeiteten.

Hatten die Bauarbeiter Feierabend, dann schlug unsere Stunde. Wenn von dem Sandhaufen noch etwas übrig war. Dann waren wir mit unseren Spielzeugautos bald zur Stelle, bauten unsere Garagen, Straßen und Tunnels, und spielten im Sand, bis es Zeit war, nach Hause zu gehen. Manchmal hörten wir auch eine unserer Muttis von weitem rufen.

Sehr beliebt waren auch Sightseeing-Touren auf unbesetzten Baustellen, wo wir Kinder nach Feierabend in Augenschein nahmen, was die Handwerker tagsüber so geschafft hatten. Da waren Außen- und Innenwände gemauert worden, Öffnungen für Türen oder Fenster angelegt, die Öffnungen mit Sturz oder Rollokasten überdeckt, aus Brettern Schalungen für Betonbalken, -decken oder -stützen gebaut. Und wir mussten das alles fachmännisch begutachten.

Seither bin ich auch ein Fan von Ordnung in Innenräumen. Es gibt wenig Schlimmeres, als wenn überall Baumaterial, Werkzeug, Schutt und Unrat oder sonst etwas rumliegt, und man aufpassen muss, dass man nicht drüber stolpert. – Doch soweit die Theorie.

Und Helm trage ich bis heute nicht, wie beim Fahrradfahren, Sicherheitsschuhe dagegen schon.

War dann erst mal das Dach drauf, bekam das Haus eine Bautüre und Fenster rundherum, war für uns nicht mehr betretbar und daher uninteressant.

Aber einmal standen Hohlblocksteine, ein ganzer Lastzug voll, längere Zeit auf dem Grundstück rum, ohne das etwas passierte. Wir versuchten dann, die Steinstapeln auszuhöhlen. Dafür zogen wir von vorne einzelne Steine aus der Palette raus, so dass ein Hohlraum entstand. Die Steinstapel standen so dicht, dass sie sich gegenseitig abstützten und wir waren der Meinung, da würde schon nix passieren, wenn wir da eine Höhle bauen. - Ist ja auch nie was passiert. Allerdings kamen dann die Bauhandwerker und unser Spiel hatte ein Ende. - Was die wohl gedacht haben?

Lego, Playmobil und Rennbahnen

In diesem Buch ging es bei den meisten Geschichten bisher um unsere „Außeneinsätze", um Aktionen, die irgendwas mit „Draußen zu tun hatten.

In dem Kinderzimmer, dass zu bewohnen ich die Ehre hatte, gab es zahlreiche Spielsachen von Lego, von Playbic und Playmobil und eine Rennbahn, ich meine, die wäre von Märklin gewesen. Die war zwar mit den Rennbahnen der Kumpels nicht kompatibel, die waren von Carrera. Aber so manche flott gefahrene Runde hinterließ schon Eindruck und hatte auch sicher Auswirkung auf das spätere Verhalten im Straßenverkehr. - Natürlich vorbildlich wie immer.

Mit den vielen Legosteinen konnte ich die schönsten Häuser bauen. Ob der Papa beruflich auch so große und schöne Häuser baute, war mir damals nicht so wichtig. (Er hat.) Aber ich konnte mit den kleinen Bausteinen richtig kreativ sein. Und wenn's hinterher nicht gefiel, baute man - ohne was kaputt zu machen - einigermaßen geordnet zurück, nahm alles auseinander und fing von vorne an, etwas Neues zu bauen. Mit den kleinen Playbic- oder Playmobilfiguren aus meiner Sammlung konnte man menschliche und allzumenschliche Abgründe und Geschichten total realitätsnah nachspielen. Was geschah, entsprang und entsprach meiner Phantasie und wurde von den handelnden Spielfiguren auch ohne jede Widerrede umgesetzt. Meist waren es Geschichten aus dem Bereich „Western von gestern" (siehe dort).

Allerdings waren meine Cowboys unverständlicherweise immer sehr schnell entwaffnet, da die kleinen Schusswaffen auf mysteriöse Weise verschwanden. Ich hatte den Staubsauger im Verdacht, konnte aber nie einen Beweis finden.

Mit Drugstore und Sheriffs Office, zahlreichen Figuren und deren Pferden war aber immer für Unterhaltung gesorgt.

Und wenn alle Stricke rissen - nein, nicht doch -, dann hatte ich ja immer noch ein paar Spielzeugautos, die noch nicht draußen waren, voll mit Baustellensand, und mit denen ich somit im eigenen Zimmer noch spielen konnte. Langeweile ist ja auch so ziemlich das Letzte, was man gebrauchen kann.

Drachen fliegen nie sonderlich hoch

Wenn im Herbst der Wind auffrischte, erschienen wir Kinder in dem einen Dorfladen und kauften uns neue Drachen, die wir später auf irgendeiner Wiese steigenlassen wollten.

Jeder wollte natürlich den schönsten haben, darauf aufgedruckt das schnellste Flugzeug, der böseste Raubvogel, das bunteste Muster. Und dazu gehörte dann auch noch einen lange Drachen-steige-Schnur, die auf 'ner bunten Rolle aufgewickelt war.

Das nächste Kunststück war, eine freie, unverbaute und windreiche Wiese zu finden inmitten von Wald und landwirtschaftlichen Kulturflächen.

Hatten wir diese gefunden und passte der Wind, dann versuchten wir mit viel Anlauf, den Drachen hinter uns herziehend, den Vogel irgendwie in die Luft zu bekommen, was fürwahr nicht immer gelang.

Aber wenn dann der Vogel mal flog, dann wussten auch die Eltern, wo der Nachwuchs sich tummelte, nämlich da, wo die Drachen in der Luft standen.

Und wie gesagt: solange der Wind passte.

Gartenarbeit

Offenbar hatten meine Eltern meinen Drang nach draußen etwas anders verstanden als ich, und so gaben sie mir immer mal wieder neue Aufgaben im Garten oder auf dem Grundstück.

Ich durfte dann Kantenschneiden, später auch den lärmenden Rasenmäher schieben, die Straße kehren und so weiter, im Winter hatte ich auf dem Hof und dem Gehweg Schnee zu schieben, was aber auch manchmal ganz gut war. Dann war ich eine Zeit mein eigener Herr und für den Moment mal allein.

Später wurde ich dann zu weiteren Gartenarbeiten herangezogen, so was wie Umgraben, Unkrautjäten, säen und ernten und so weiter. Und dabei musste ich immer wieder zu meinem Entsetzen feststellen, dass die alten Leute (ach, 'tschuldigung!) viel besser mit dem Gartenwerkzeug umgehen konnten als ich, wo ich doch immer gemeint hatte, ich sei ein ziemlich starker Junge und ein guter Arbeiter. Aber wenn die Tante oder der Opa mit dem Spaten vorweg ging, dann hatte ich mit der Hacke Mühe, mitzuhalten, was mir dann doch wieder nicht gelang. Irgendwie hatten's die Großen einfach besser drauf. Musste mit der jahrelangen Übung zusammenhängen.

Mit dem Garten hatte ich's später nie so wirklich, aber die handwerkliche Arbeit war kein Fehler.

Definitiv nicht!

Kleine Katastrophen

Als Papa unser neues Haus gebaut hatte, so gegen Anfang der Siebziger, waren wir noch fast die Ersten in der Neubausiedlung. Die Straße war ein (wie bereits beschrieben) „schwarzes Asphaltband", am Anfang sogar noch eine geschotterte Baustrasse, und wir bekamen immer wieder Besuch von lieben Bekannten und Verwandten, die unbedingt unser Haus sehen wollten. - Ist ja auch schön, wenn man etwas geschaffen und vorzuzeigen hat. Gerne bewirteten meine Eltern Gäste in dem neuen Haus, und ich fand's klasse, wenn was los war.

Wenn die Besucher wieder gingen bzw. sich verabschiedet hatten und losfuhren, gab es einen kleinen Jungen (noch nicht ganz) im Kindergartenalter, der wild winkend den davonfahrenden Autos hinterherlief. Solange, bis mir eine kleine Unebenheit in der Straße zum Verhängnis wurde und ich auf die Nase fiel. Selbige bekam nicht viel ab, aber die Knie waren beide blutig und mein Wehklagen doch groß.

Mutti saß an meinem Bett und pulte mit dem Rand eines Küchentuches die kleinen Steinchen aus meinen blutigen Knieen. Der Hausarrest erübrigte sich wegen meiner zerschundenen Knie.

Ebenso erübrigt sich die Frage, ob ich draus gelernt hätte - so Sie denn die anderen Geschichten in diesem Buch schon gelesen haben. – Nein, habe ich nicht!!

Es gäbe noch mehr zu erzählen ...

Ja, denn es war ja auch jeden Tag was los. Oder wir machten was los. - Wenn's denn erlaubt war, und das war eben auch nicht immer der Fall.

So erinnere ich mich, dass ich einmal zu Nachbars kam, klingelte, und fragte ob mein Kinderfreund den-Namen-verrate-ich-nicht denn rauskommen könnte. Die Tante Nachbarin - wir waren eigentlich nicht verwandt - öffnete die Türe, hörte sich mein Sprüchlein an und sagt dann gaanz freundlich: „Nein, das tut mir leid. Dein Freund kann heute leider nicht raus. Der muss heute Hausaufgaben machen. Ihr könnt dann später wieder draußen spielen." Okay, klare Ansage. Dann halt nicht. Wenn man hört, dass die Tante, wie es ihre Art war, das letzte „E" jedes Wortes dehnt und betont, dann klingt das schon speziell. Oder so.

Der eine von uns schreibt heute als Unternehmer schwarze Zahlen, der andere diese Zeilen. 😄

Eine andere Geschichte: Zwei Kinder aus der Nachbarschaft - keine Namen! - spielten Kinderfrisör. Nur leider war dasjenige Kind, das den Friseurmeister*in gab, an der Schere noch etwas sehr ungelenk, und so musste eine Mutti am selben Tag mit ihrem Kind - dem anderen Kinde - einen echten Friseur aufsuchen, der das Dilemma dann wieder bereinigte.

Und ganz besonderes Vergnügen war angesagt, wenn die Muttis mit uns Kindern ins Schwimmbad fuhren. Schwimmbad und Einmeterbrett, mehr gab's nicht, aber es war toll. Schon im Grundschulalter hatten wir schwimmen gelernt, und so eine Stunde - oder auch gerne länger - im Wasser schwimmen, rumtoben und ,*vom Einer*' springen war klasse.

Wenn nur unsere Muttis nicht immer so schnell der Meinung gewesen wären, wir Kinder würden jetzt frieren und müssten desterwegen raus aus dem Wasser, uns duschen, anziehen und dann ins Warme. Also; ich hätt's da im Schwimmbad manchmal gerne noch ein bisschen länger ausgehalten.

Das nächste Highlight ließ nicht lange auf sich warten. Wenn wir nach dem Besuch des Schwimmbades nach Hause kamen, gab es bei Mutti Spaghetti mit Ketchup. Nach so viel Action im Wasser waren schon eine Menge Kohlenhydrate nötig, um wieder zu Kräften zu kommen, und die Spaghetti mit Ketchup kamen dann gerade zur rechten Zeit.

Achja, ganz wichtig: Spaghetti! - Keine Pomfritz!

Früher war alles …

Anders. - Ja, es war alles - und nicht nur ein bisschen - ganz anders. Aber es wäre undankbar, pauschal zu sagen, früher sei alles besser gewesen. - Es war anders, die Zeit war eine Andere, und die Welt war damals eine Andere. - Und es war schön.

Danke für die schöne Zeit, für die Abenteuer, die Erlebnisse und Episoden, die Geschichten, die ich hier erinnern und erzählen durfte, die genauso wie hier beschrieben, auch wirklich passiert sind - oder hätten passieren können. 😊

So, zu Ende erzählt.

Schön war's.

Ein kleines Nachwort

Ein Kindheit auf dem Lande, erzählt in 60 kleinen Geschichten, und doch muss dieses Büchlein unvollständig bleiben.

Während des Schreibens staunte ich nicht schlecht, was doch alles zusammenkam an Erinnerungen, an Episoden und Abenteuern. Aber jetzt soll's auch mal gut sein.

Die Geschichten sind alle in sich geschlossen, in Länge und Form angelehnt an Minutennovellen, allesamt Geschichten von ein bis vier Seiten, die man kurz mal zwischendurch lesen kann.

Alle Episoden entstammen meiner persönlichen Erinnerung, sind also so oder so ähnlich auch wirklich passiert in einem kleinen Dorf in den Ausläufern des oberhessischen Berglandes.

Namen habe ich etwas geändert, weil ich niemanden bloßstellen oder verärgern möchte.

Ich bin dankbar für all das, was wir erlebt und was wir so manches Mal angestellt haben und sage Danke, dass Sie mich auf meiner kleinen Reise in die Kindheit begleitet haben.

Gefahren waren uns nicht unbekannt, blieben meist aber unberücksichtigt, und wenn man heute zurückschaut, dann ... kannste nur mit dem Kopf schütteln.

Der Verfasser

Inhalt alphabetisch